Die Tür zur Liebe

SANDRA BROWN

Die Tür zur Liebe

Deutsch von
Heinz Tophinke

Weltbild

Originaltitel: *22 Indigo Place*
Originalverlag: Bantam Books

Besuchen Sie uns im Internet:
www.weltbild.de

This translation is published by arrangement with
The Bantam Dell Publishing Group,
a division of Random House, Inc.

Projektleitung: Gerald Fiebig
Übersetzung: Heinz Tophinke
Redaktion: Claudia Krader
Umschlag: Hauptmann & Kompanie
Werbeagentur GmbH, München–Zürich
Umschlagabbildung: Rick Gomez/Masterfile (Porträt),
Robert W. Madden/Getty Images
Satz: Sabine Müller
Druck und Bindung: Bagel Roto-Offset GmbH & Co. KG, Schleinitz

Gedruckt auf chlorfrei gebleichtem Papier

Printed in the EU

ISBN 978-3-89897-646-6

1

Das Motorrad kam hinter der Lebenseiche hervorgeschossen, wo die Ranken des Blauregens es verborgen hatten. Laura Nolan wirbelte im Dunkel der überdachten Veranda erschreckt herum, als sie das Dröhnen der Maschine hörte. Sie drückte sich furchtsam gegen die Tür und presste die geballte Faust mit dem Hausschlüssel an die Brust.

»Sind Sie Mrs Hightower, die Maklerin?«, fragte der Motorradfahrer.

»Nein, ich bin nicht die Maklerin. Ich bin die Besitzerin des Hauses«, erklärte sie und fügte in gebieterischem Ton hinzu: »Und ich bin Ihnen durchaus nicht dafür dankbar, Sir, dass Sie mir so einen Schrecken einjagen. Wieso haben Sie sich hinter dem Baum versteckt?«

Er stellte den Motor ab, stieg lässig von seiner verwegen aussehenden Maschine und schlenderte um das mächtige Hinterrad herum auf Laura zu.

»Ich habe mich nicht versteckt. Ich habe gewartet. Und ich wollte Ihnen auch keine Angst machen.«

Das war es, was er sagte. Doch angesichts seiner langsamen, überlegten Annäherung fragte sich Laura, ob er es auch wirklich so meinte.

Sie war allein. Niemand befand sich in der Nähe. Angst stieg in ihr hoch.

Jeder konnte das Schild der Maklerin an der Straße sehen und unter dem Vorwand, ein Kaufinteressent zu sein, in die Auffahrt hereinfahren. Wie viele Leute kamen denn mit dem Motorrad, um sich ein zum Verkauf stehendes Haus anzuschauen?

Mit dem einschüchterndsten Tonfall, den sie sich abringen konnte, sagte sie: »Wenn Sie auf Mrs Hightower warten, ich glaube …«

»Ach, du lieber Gott, wenn das nicht Miss Laura Nolan höchstpersönlich ist!«

Sie brachte zunächst kein Wort heraus. Dann fragte sie bestürzt: »Wieso … woher … kennen Sie mich?«

Sein leises Lachen – kehlig, nicht wirklich drohend, aber dennoch irgendwie gefährlich – jagte ihr einen Schauder den Rücken hinab. Er hatte die Veranda erreicht und befand sich nun auf gleicher Höhe mit ihr. Nur dass er um einiges größer war als sie. Viel größer. Er schien sie in dem schattigen Halbdunkel regelrecht zu überragen.

»Nun seien Sie nicht so bescheiden, Miss Laura. Das hübscheste reiche Mädchen von Gregory, Georgia, kennt schließlich jeder.«

Es gab einiges, was ihr an seinem Auftreten nicht passte. Zum einen sein Ton. Er war unangenehm, alles andere als respektvoll. Seine gedehnte Sprechweise war unverschämt und unverkennbar spöttisch. Auch, dass er den Wohlstand ihrer Familie erwähnte, hatte etwas Beleidigendes an sich. Über solche Dinge zu sprechen zeugte von absoluter Geschmacklosigkeit und davon, dass er kein Benehmen hatte und auf Konventionen kaum, wenn überhaupt, Wert legte. Doch was sie am allermeisten störte, war die Art, wie er sich vor ihr aufbaute und sie zwang, sich mit dem Rücken an die Haustür zu pressen.

Der Mann stand so nahe vor ihr, dass Laura seine Körperwärme spüren und sein Rasierwasser riechen konnte. Nicht viele hatten die Courage, ihr in den Weg zu treten oder gar ihr zu nahe zu kommen. Seine Zudringlichkeit gefiel ihr absolut nicht. Dieser Fremde brach sämtliche Regeln von Anstand und Höflichkeit. Für wen hielt er sich eigentlich?

»Sie haben mir etwas voraus«, sagte sie kühl, »Sie kennen mich – ich Sie nicht.« Sie ließ anklingen, dass sie ihn auch gar nicht kennenlernen wollte. »Wenn Sie das Haus besichtigen möchten, dann warten Sie bitte hier auf der Veranda auf Mrs Hightower.«

Laura deutete mit einem Kopfnicken auf ein kleines Korbsofa.

»Sie ist immer sehr pünktlich, deshalb werden Sie sicher nicht lange zu warten haben. Und jetzt entschuldigen Sie mich bitte.« Sie wandte ihm unhöflich den Rücken zu und schickte sich an, die Tür aufzusperren.

Das war wahrscheinlich nicht die klügste Vorgehensweise, doch sie fühlte sich inzwischen mehr verwirrt als verängstigt. Wenn er etwas Kriminelles im Schilde führte, hätte er das mittlerweile wohl schon in die Tat umgesetzt. Im Augenblick schien daher nichts wichtiger, als räumlichen Abstand zu ihm zu gewinnen.

Sie steckte den Schlüssel ins Schloss und dankte Gott, dass sie trotz der Dunkelheit gleich beim ersten Versuch traf und nicht herumstochern musste. Dann öffnete sie die Tür, trat ins Haus und schaltete sofort die drei Verandaleuchten an, die an Messingketten vom Balkon herunterhingen und ein helles Licht spendeten.

Als Laura sich umdrehte, um die Tür zu schließen, hielt sie überrascht den Atem an – zum einen, weil der Mann ihr bis zur Schwelle gefolgt war, hauptsächlich aber, weil sie ihn nun erkannte.

»James Paden!«, flüsterte sie heiser.

Langsam machte sich ein Grinsen auf seinem Gesicht breit, bei dem sich die Winkel seines so mürrischen wie sinnlichen Mundes nach oben zogen. So sah er aufreizend selbstgefällig aus. Er hakte die Daumen in die Gürtelschlaufen seiner Jeans ein und lehnte sich mit einer Schulter an den Türrahmen.

»Du erinnerst dich an mich«, stellte er fest. Und ob sie sich an ihn erinnerte. Einen wie James Paden konnte man nicht einfach vergessen. So schräge Typen blieben einem im Gedächtnis haften, und wenn es nur aus dem Grund war, dass sie anders waren als alle anderen. Außenseiter eben.

Und anders als alle anderen, an die sie sich erinnern konnte, war James Paden auch noch der einzige Mensch aus ihrem Bekanntenkreis, der praktisch aus der Stadt vertrieben worden war.

»Was machst du hier?«

»Lade mich ein reinzukommen, dann erzähle ich es dir. Oder ist mir der Eintritt in die heiligen Hallen von Indigo Place Nummer 22 noch immer verwehrt?«

Seine Andeutung, dass sie ein Snob sei und nicht jedermann in ihrem Haus willkommen hieß, ärgerte sie. Obwohl er damit recht hatte. Randolph und Missy Nolan hätten einen Anfall bekommen, wenn ihre einzige Tochter jemanden wie James Paden zu einer ihrer zahlreichen Partys eingeladen hätte.

»Natürlich kannst du hereinkommen«, erwiderte sie steif.

»Danke.« Er stieß sich vom Türbalken ab und ging an ihr vorbei ins Haus.

Sie nahm seinen Sarkasmus zähneknirschend hin, schloss die Tür und trat zur Seite. Während er gründlich und in aller Ruhe den Eingangsbereich des Hauses inspizierte, musterte sie ihn genau.

James Paden. Wild, rebellisch, verrufen. Er war die Geißel der Schulen von Gregory gewesen, bis er – ein paar Jahre früher als Laura – seinen Abschluss machte. Auch die örtliche Polizei hatte sich mit ihm beschäftigt. Nein, er war kein richtiger Verbrecher gewesen, das nun auch wieder nicht. Aber ein »Unverbesserlicher« eben.

Er hatte eine Bande von Kerlen um sich gehabt, die ihm mit ihren Motorrädern folgten wie treue Ritter einem des Landes verwiesenen Königs. Die Spielhalle war ihr Hauptquartier gewesen. Wenn sie nicht dort herumhingen, dann waren sie auf der Straße, sorgten ständig für Unruhe, und jeder mied sie, so gut es ging. Sie waren bekannt dafür, dass sie tranken, fluchten, fuhren wie der Teufel und sich aufführten wie die Wilden – die »Hell's Angels« von Gregory, Georgia, sozusagen.

Ihr unumstrittener Anführer, James Paden, war ohne Disziplin aufgewachsen, ohne erkennbare Ambitionen, ohne den geringsten Respekt für etwas oder jemanden. Den anständigen Jungs wurde geraten, sich von ihm fernzuhalten, um nicht in Schwierigkeiten zu kommen. Den anständigen Mädchen wurde dasselbe empfohlen, nur dass die Risiken, die sie eingingen, falls sie sich mit James einlassen sollten, als ungleich schrecklicher geschildert wurden. Ein guter Ruf und eine Bekanntschaft mit James Paden, das waren unvereinbare Dinge.

Ironischerweise besaß er eine geradezu magnetische Persönlichkeit. Männer wie Frauen fühlten sich von ihm angezogen wie von allen verbotenen Dingen. Er war aufregend und amüsant. Sündig, und gerade deshalb von einer verruchten Attraktivität. Es bedurfte nur eines gewissen Blicks, eines anzüglichen Hochziehens der Brauen, eines Fingerzeigs, und die leicht zu beeindruckenden Opfer, Menschen mit wenig Selbstbeherrschung und Willenskraft, liefen ihm einfach zu.

Natürlich hatte er zusätzlich zu seinem faszinierenden, charmanten Wesen auch noch überwältigend gut ausgesehen. Enge Jeans und T-Shirts, eine Lederjacke mit hochgestelltem Kragen und Stiefel hatte er bereits getragen, lange bevor diese Dinge in Mode kamen.

Sein braunes Haar war schon immer lang gewesen,

und um einen ordentlichen Haarschnitt bemühte er sich nie. Er blickte auf die Welt mit melancholischen grünen Augen, die von dichten Wimpern umgeben waren. Sein Mund war sinnlich, die Unterlippe voller als die obere, und manchmal machte er einen richtigen Schmollmund, wenn nicht ein spöttisches Lächeln einen Mundwinkel nach oben zog ... so wie jetzt, als er sich zu Laura umdrehte und bemerkte, dass sie ihn eindringlich betrachtete.

Sie lächelte ihn ausdruckslos an und fragte: »Möchtest du im Wohnzimmer auf Mrs Hightower warten?«

»Nach Ihnen, Miss Laura«, erwiderte er in aller Förmlichkeit.

Am liebsten hätte Laura ihm dieses spöttische Grinsen aus dem Gesicht geprügelt. Sie spürte, wie ihre Hand kribbelte. Doch stattdessen führte sie ihn wortlos in das Wohnzimmer und knipste dort das Licht an.

Als er den Raum betrat, pfiff er anerkennend. Er stellte sich in der Mitte auf, steckte die Hände in die Gesäßtaschen seiner Jeans und drehte sich langsam einmal um die eigene Achse.

Laura konnte nicht umhin festzustellen, dass sich die Machart seiner Kleidung, wenn nicht sein ganzer Kleidungsstil, merklich verändert hatte. Die Stiefel zum Beispiel waren teure Modelle. Sie waren zwar abgetragen und staubig, doch die gute Qualität schien unverkennbar.

Was sie eigentlich nicht wahrhaben wollte, aber leider nicht ignorieren konnte, war, wie wenig sich sein Äußeres in den letzten gut zehn Jahren verändert hatte. Gut, er war etwas kräftiger und reifer geworden, aber nicht dick. Er sah noch immer sportlich und straff aus, mit schlanker Taille und breiter Brust. Und er bewegte sich noch immer mit der Anmut und Geschmeidigkeit eines Raubtiers. Eile schien er nicht zu kennen.

»Donnerwetter, das ist vielleicht ein tolles Zimmer.«

»Danke.«

»Ich wollte dieses Haus schon immer mal von innen sehen.« Ohne eine Aufforderung abzuwarten, ließ er sich auf eines der kleinen Sofas sinken. »Aber ich wurde nie eingeladen.«

»Ich vermute, dazu gab es nie einen Anlass.«

Unsicher setzte sich Laura auf einen Stuhl, an die Vorderkante der Sitzfläche, als müsse sie jederzeit bereit sein, eilends wieder aufzuspringen.

»Na, ist das nicht komisch? Ich erinnere mich gleich an mehrere Anlässe, zu denen ich hätte eingeladen werden können.«

Sie warf ihm einen vernichtenden Blick zu. Anscheinend legte er es richtig darauf an, ihr die Hölle heiß zu machen. Wollte er, dass sie ihm geradewegs ins Gesicht sagte, dass seinesgleichen niemals bei einer Einladung ihrer Familie willkommen gewesen wäre? So taktlos würde sie auf keinen Fall sein, auch wenn er sie noch so provozierte. Dazu war sie viel zu gut erzogen.

»Du warst älter. Wir hatten nicht den gleichen Freundeskreis.«

Er fand es amüsant, wie taktvoll sie sich benahm, und lachte laut.

»Na, das kann man wohl sagen, Miss Laura!« Er legte den Kopf zur Seite und musterte sie aus zusammengekniffenen Augen. »Ich nehme mal an, dass es noch immer Miss Laura Nolan heißt.«

»Ja.«

»Wieso?«

»Wie bitte?«

»Warum noch immer Miss?«

»Ich ziehe es vor, als Single zu leben.«

Sie ließ ihn spüren, wie unhöflich sie seine Frage

fand, indem sie ihm aus blauen Augen einen eisigen Blick zuschleuderte und die Haare mit einem Ruck nach hinten warf.

Er lehnte sich in dem Sofa zurück, legte die Arme ausgebreitet auf die Rückenlehne und schlug die Beine übereinander.

»Nun gut, Miss Laura«, sagte er gedehnt, »ich war immer der Meinung, dass der einzige Unterschied zwischen einer Frau, die als Single lebt, und einer alten Jungfer die Zahl ihrer Liebhaber ist. Wie viele hast du denn zu bieten?«

Laura lief vor Wut puterrot an. Sie setzte sich noch steifer hin und blickte mit offener Verachtung auf ihn, denn genau das war es, was sie für ihn empfand.

»Genügend.«

»Kenne ich einen?«

»Mein Privatleben geht dich nichts an.«

»Na, dann lass uns mal überlegen.«

Er schaute zur Decke hinauf und erweckte den Eindruck, konzentriert über ein Problem nachzudenken.

»Soweit ich mich erinnere, kann man die Jungs in dieser Stadt zwei Kategorien zuordnen. Die einen kommen nach dem College wieder zurück und übernehmen Daddys Betrieb, und die anderen gehen weg und kommen nie mehr wieder, weil sie etwas Besseres gefunden haben. Aber unter denen, die zurückgekommen sind, fällt mir kein einziger Junggeselle ein. Soweit ich weiß, sind sie alle verheiratet und haben einen Haufen Kinder.« Er sah sie neugierig an. »Da frage ich mich doch irgendwie, wo du all deine Freunde herkriegst.«

Laura sprang auf, wütend entschlossen, ihm eine Standpauke zu halten, ihn in seine Schranken zu weisen und aufzufordern, ihr Haus sofort zu verlassen. Doch sie bemerkte seinen triumphierenden Blick und bremste sich sofort. Er brauchte nicht zu wissen, wie sehr er sie getroffen hatte.

Ihre Lippen waren so steif, dass sie sich kaum bewegten, als sie fragte: »Möchtest du etwas zu trinken, solange du wartest?«

Sie ging auf die antike Anrichte zu, auf der mehrere Karaffen und teure Gläser aus Bleikristall standen.

»Nein, danke.«

Seine Ablehnung ließ ihr nichts übrig, als zu ihrem Platz zurückzukehren und sich noch dümmer zu fühlen als zuvor. Steif saß sie da und versuchte, nicht zu bemerken, wie er sie beobachtete. Das Schweigen zwischen ihnen zog sich in die Länge.

»Hattest du einen Termin mit Mrs Hightower?«

Er gab einen unbestimmten Laut von sich, den sie als Bestätigung auffasste.

»Du willst dieses Haus also wirklich kaufen?«

»Es steht doch zum Verkauf, nicht wahr?«

»Ja, es steht zum Verkauf. Es ist nur, dass ... ich meine ...«

Als sein Blick hart und kalt wurde, zögerte sie und befeuchtete sich nervös die Lippen.

»Ich kann mir gar nicht vorstellen, wo Mrs Hightower ist. Normalerweise ist sie sehr pünktlich.«

»Du hast dich nicht verändert, Laura.«

Schon allein weil er ihren Vornamen verwendete, bekam sie eine Gänsehaut auf den Armen. Seine Stimme war jetzt nicht mehr spöttisch, sondern leise und etwas rau, so wie damals, wenn sie sich auf der Straße getroffen und er sie angesprochen hatte. Sie hatte ihm immer höflich geantwortet, hatte sittsam den Blick gesenkt und war dann weitergeeilt, damit nicht ein zufälliger Beobachter ihre Freundlichkeit missverstand.

Aus irgendeinem Grund hatte selbst der Austausch

eines belanglosen »Hallo« mit James Paden sie immer ein wenig atemlos und durcheinander gemacht. Schon allein dadurch, dass er ihren Namen aussprach, hatte sie sich kompromittiert gefühlt, als habe er sie berührt. Vielleicht, weil in seinem Blick mehr lag, als einem einfachen »Hallo« angemessen erschien. Aus welchem Grund auch immer, sie war jedes Mal irgendwie verwirrt gewesen.

Und so fühlte sie sich auch jetzt. Betreten. Sprachlos, gehemmt. Und schuldig ohne jeden Grund.

»Ich bin älter geworden.«

»Du siehst besser aus.«

»Danke.« Sie faltete die Hände im Schoß. Ihre Handflächen waren so schweißnass, dass sie auf ihrem Rock einen feuchten Fleck hinterließen.

»Es ist noch alles straff und fest.« Seine Augen wanderten über sie mit der geübten Lässigkeit eines Mannes, der es gewohnt war, Frauen mit seinem Blick auszuziehen. Als er ihr wieder ins Gesicht sah, musterte er sie unter seinen dichten Brauen hervor.

»Ich versuche, auf mein Gewicht zu achten.«

Das unverhüllte sexuelle Interesse, mit dem er sie begutachtete, war ihr unangenehm, aber sie konnte sich nicht dazu bringen, ihn dafür zurechtzuweisen. Es war sicherer, so zu tun, als würde es ihr nicht auffallen.

»Deine Haare sind noch immer glänzend und weich. Weißt du noch, wie ich einmal zu dir gesagt habe, dass sie die Farbe von einem Rehkitz haben?«

Sie wusste es, doch sie schüttelte den Kopf.

»Du hast auf dem Flur in der Schule dein Chemiebuch fallengelassen, und ich hob es dir auf. Deine Haare fielen dir über die Wange. Da sagte ich, sie hätten die Farbe eines Rehkitzes.«

Es war ihr Algebrabuch gewesen, und es passierte in

der Cafeteria der Schule, nicht auf dem Flur. Aber sie sagte nichts.

»Es hat noch immer dieselbe weiche Farbe. Und du hast noch immer diese blonden Strähnen ums Gesicht herum. Oder färbst du sie?«

»Nein, das ist meine Naturfarbe.«

Er lächelte über ihre plötzliche Entgegnung. Laura war anständig genug, sein Lächeln zu erwidern. James betrachtete sie lange.

»Wie ich schon sagte, du bist das hübscheste Mädchen der Stadt.«

»Das hübscheste *reiche* Mädchen.«

Er zuckte die Achseln.

»Na ja, im Vergleich mit den Padens waren schließlich alle reich.«

Laura blickte auf ihre Hände. Seine Bemerkung machte sie verlegen. Er war in ärmlichsten Verhältnissen aufgewachsen. Seine Familie hatte in einer Bruchbude gelebt, aus allen möglichen Materialien zusammengezimmert, die sein Vater, ein Alkoholiker, auf dem Schrottplatz hatte auftreiben können. Von außen hatte das winzige Haus wie ein Patchwork-Quilt ausgesehen – ein merkwürdiger, lächerlicher Schandfleck. Oft hatte sich Laura gewundert, wie James es überhaupt schaffte, in einer solch schmutzigen Hütte einigermaßen sauber zu bleiben.

»Dein Vater hat mir leid getan«, sagte sie bedrückt.

Der alte Hector Paden war vor einigen Jahren gestorben. Sein Tod war praktisch unbemerkt, sicherlich aber unbeklagt vonstatten gegangen.

James lachte verächtlich.

»Da warst du sicher der einzige Mensch.«

»Wie geht es deiner Mutter?«

Er stand abrupt auf, plötzlich sehr angespannt.

»Ich schätze, gut so weit.«

Die offensichtliche Gefühllosigkeit seiner Mutter gegenüber erstaunte Laura. Während James' Kindheit und Jugendzeit hatte Leona Paden in zahllosen Jobs gearbeitet, um ihre Familie durchzubringen. Doch weil sie immer wieder unentschuldigt der Arbeit fernblieb und häufig erkrankte, galt sie als unzuverlässig. Kurz nach dem Tod ihres Mannes war sie dann aus der Hütte neben dem Bahndamm in ein hübsches kleines Haus in einer gutbürgerlichen Wohngegend gezogen. Seitdem sah Laura Mrs Paden kaum mehr. Sie lebte ganz für sich. Es hieß, James würde sie finanziell unterstützen; umso mehr wunderte sich Laura, dass er seine Mutter mit einem lieblosen Achselzucken abtat.

Er schritt im Zimmer umher, nahm etwas in die Hand, betrachtete es eingehend, stellte es wieder hin und untersuchte das nächste Objekt.

»Warum verkaufst du das Haus?«

Es passte Laura nicht, dass er sie verhörte wie ein Staatsanwalt, deshalb stand sie auf und trat ans Fenster in der Hoffnung, Mrs Hightowers Wagen die Auffahrt heraufkommen zu sehen.

»Vater ist letzten Februar gestorben, seither wohne ich hier allein. Aber so ein großes Haus für eine Person, das ist einfach lächerlich.«

Er beobachtete sie genau, und sie bemühte sich, möglichst undurchschaubar zu wirken.

»Bis dein Vater starb, habt nur ihr beide hier gelebt?«

»Ja. Mutter ist schon vor einigen Jahren gestorben.« Sie wandte den Blick ab.

»Bo und Gladys Burton wohnten natürlich auch noch hier«, fügte sie mit Bezug auf das Ehepaar hinzu, das für ihre Familie gearbeitet hatte, solange sie sich zurückerinnern konnte.

»Und jetzt nicht mehr?«

»Nein, ich habe sie gehen lassen.« – »Warum das denn?«

»Ich habe sie nicht mehr gebraucht.«

»Du brauchst keinen Hausangestellten, der sich um dieses weitläufige Haus kümmert? Hat Bo nicht immer sämtliche Arbeiten im Haus und darum herum erledigt?«

»Ich mache das gern alles selbst.«

»Hmmm.«

Seine wortkarge Äußerung war ein eindeutiger Hinweis darauf, dass er ihr nicht glaubte. Es irritierte sie, dass er an ihren Aussagen zweifelte.

»Hören Sie, Mr Paden …«

»Komm schon, Laura, ich weiß, wir haben uns eine lange Zeit nicht gesehen, aber du kannst mich immer noch James nennen.«

»Also gut, James. Du und Mrs Hightower, ihr habt euch ja offenbar missverstanden. Warum vereinbarst du nicht einen anderen Termin mit ihr, morgen zum Beispiel?«

»Weil ich das Haus heute Abend sehen möchte.«

»Tut mir leid. Sie ist nicht hier, und es sieht auch nicht so aus, als ob sie noch käme.«

»Ich habe lange draußen in der Dunkelheit gewartet, bis du endlich erschienen bist. Und ich brauche die Maklerin nicht, weil du ja jetzt da bist. Du kannst es mir genauso gut zeigen.«

»Ich denke, das gehört sich nicht.«

Er zog erstaunt eine Braue hoch, bis sie über dem Auge einen fragenden Bogen formte.

»Na, na, Miss Laura, hast du am Ende etwas im Sinn, was sich nicht gehört?«

»Natürlich nicht!«, fuhr sie ihn an.

»Ich will damit lediglich sagen, dass der Verkauf des Hauses zu Mrs Hightowers Aufgabenbereich gehört. Sie hat mich heute gefragt, ob sie es am Abend einem Klienten zeigen kann. Ich stimmte zu und versprach ihr, erst später zu kommen. Ich bin im Moment nur deshalb hier, weil ich dachte, ihr beide wärt schon gegangen. Aber ich bin sicher, dass Mrs Hightower ein eigenmächtiges Handeln meinerseits nicht gefallen würde.«

»Mir ist es egal, ob ihr das gefällt oder nicht. Ich bin der Kunde. Und der Kunde hat immer recht; ich möchte gern, dass du mir das Haus zeigst. Wer könnte das schließlich besser als diejenige, die von Geburt an ihr ganzes Leben darin verbracht hat?«

Diese Worte trafen Laura an ihrer empfindlichsten Stelle. Ja, in der Tat, wer sollte das besser können? Wer kannte und liebte jeden Winkel und jede Ecke und jedes knarrende Dielenbrett dieses Hauses, das einst ihr Urgroßvater gebaut hatte? Wer polierte das seit Generationen weitervererbte Familiensilber lange, bevor es notwendig wurde, nur um der Freude willen, es in den Händen zu halten? Wer pflegte die antiken Möbel, bis sie im Sonnenlicht glänzten, das durch die alten Glasscheiben hereinschien? Wer wusste zu fast jedem Gegenstand, den das Haus barg, eine Geschichte zu erzählen? Welcher Person brach das Herz, weil sie gezwungen war, es zu verkaufen?

Laura Nolan.

Solange sie zurückdenken konnte, hatten dieses Haus und seine Geschichte sie fasziniert. Ihre Großmutter hatte die Geschichten erzählt, die Laura als kleines Mädchen immer wieder hören wollte, ohne ihrer je überdrüssig zu werden. Nun schaffte sie es angesichts der Tatsache, dass sie sich bald von diesem Haus würde trennen müssen, nur unter Aufbietung all ihrer Willenskraft, nicht zu weinen.

»Ich weiß vielleicht mehr über dieses Haus als Mrs

Hightower, aber ich bin trotzdem der Meinung, dass es keine gute Idee wäre, mich einzumischen.«

»Oder ist es vielleicht der Klient, der deiner Meinung nach keine gute Idee ist?«

Sie blickte rasch zu ihm auf.

»Ich weiß nicht, was du meinst«, sagte sie zögernd.

Er trat so dicht vor sie, dass sie den Kopf in den Nacken legen musste, um ihm in die Augen sehen zu können.

»Du meinst, ich bin nicht gut genug, um dein Haus zu kaufen.«

Wieder hatte er den Nagel auf den Kopf getroffen. Laura war bestürzt.

»Das meine ich nicht.«

»Und ob du das meinst. Aber du kannst von mir denken, was du willst, mein Geld ist so gut wie das jedes anderen Käufers. Und ich kann mir dieses Haus leisten.«

Sie fühlte sich ertappt und wich ihm aus.

»Ich habe schon gehört, dass du sehr erfolgreich bist mit ... mit ...«

»Ich hatte Läden für Autoersatzteile.«

»Das hat mich sehr für dich gefreut.«

Er lachte verächtlich auf.

»Ja, ja, ganz bestimmt haben sie alle in der Stadt auf meinen Erfolg angestoßen. Als ich vor zehn Jahren wegging, waren sie sich sicher, dass ich ziemlich schnell im Knast landen würde!«

»Na ja, was hast du denn erwartet, dass die Leute denken würden? So wie du ... Was soll's!«

»Nein, sprich weiter«, drängte er und trat erneut direkt vor sie. »Sag es mir. So wie ich was?«

»So wie du dich aufgeführt hast mit diesen Autos, an denen du immer herumgebastelt hast.«

»Ich habe in einer Reparaturwerkstatt gearbeitet. Ich

habe mein Geld damit verdient, an Autos herumzubasteln.«

»Aber es hat dir auch eine Menge Spaß gemacht, anderen Autofahrern mit deiner Fahrweise, deinen aufgemotzten Schlitten und Motorrädern Angst einzujagen. Das war nämlich die größte Freude für dich. Genau wie heute Abend!«

Sie zeigte durch das große Fenster nach draußen über den Rasen.

»Warum sonst hast du dich da hinter den Büschen versteckt und darauf gewartet, dass du mich zu Tode erschrecken kannst?«

Er grinste.

»Ich habe doch gar nicht auf dich gewartet. Sondern auf Mrs Hightower.«

»Na gut, du hättest sie eben genauso erschreckt. Plötzlich auf diesem entsetzlichen, lärmenden Ding aus der Dunkelheit aufzutauchen. Sie wäre wahrscheinlich in Ohnmacht gefallen! Du solltest dich schämen.«

Er beugte sich zu ihr und lachte leise.

»Du kannst noch immer wütend werden wie der leibhaftige Teufel, was, Laura?«

Sie richtete sich steif auf.

»Ich bin ein äußerst ausgeglichener Mensch!«

Er musste wieder lachen.

»Ich weiß noch, wie du über Joe Don Perkins hergefallen bist, als er an der Theke im Drugstore deine Kirschcola umstieß. Ein paar von uns waren hineingegangen, um etwas zu kaufen, äh …, na egal, was wir wollten. Jedenfalls werde ich nie vergessen, wie Joe Don den Schwanz einzog und sich aus dem Drugstore schlich, nachdem du mit ihm fertig warst. Du hast ihn einen Riesentrampel genannt.«

James hatte sie an den Fenstersims gedrängt. Jetzt

beugte er sich über sie, spielte mit einer blonden Strähne ihres Haars an ihrer Wange und ließ dann seine Hand dort verweilen.

»Ich weiß auch noch, dass ich dich wahnsinnig aufregend fand, wenn du zornig wurdest.«

Er senkte die Stimme.

»Du bist immer noch aufregend«, murmelte er und strich über ihre Wange.

»Lass das!«, sagte sie schroff und drehte den Kopf weg.

Sein sinnliches Lächeln verschwand; seine Lippen wurden zu einer dünnen, verbitterten Linie, und er zog seine Hand zurück.

»Du willst nicht, dass ich dich berühre? Warum? Sind diese Hände nicht sauber genug?« Er hielt sie mit gespreizten Fingern dicht vor ihr Gesicht. »Schau sie dir an, Laura. Ich arbeite heute nicht mehr in einer Autowerkstatt, wo ich mich um die dicken Schlitten der reichen Leute kümmern muss. Siehst du? Ich habe keine schwarzen Fingernägel mehr.«

»Das habe ich nicht gemeint.«

»Natürlich nicht. Aber ich möchte dir etwas sagen. Ich bin sauber genug, um die Schwelle von Indigo Place Nummer 22 zu überschreiten, und ich bin auch sauber genug, um dich zu berühren.«

Sein Atem strich heiß über ihre Lippen. Sie blickte aus angstvollen blauen Augen zu ihm hoch. Er trat noch einen Schritt näher.

Plötzlich standen sie im Lichtkegel eines Autos, das sich dem Haus näherte. Laura duckte sich instinktiv und brachte so viel Raum wie möglich zwischen sich und James Paden.

Doch sie konnte sich nicht von der Stelle bewegen, bis er zur Seite trat, und das tat er erst nach einer ganzen Weile, die ihr schier endlos vorkam. Und in der Zeit, die er brauchte, um sich zu voller Größe aufzurichten und in Bewegung zu setzen, hielt er den Blick fest auf sie gerichtet.

Verwirrt und nervös strich sie sich die Haare glatt und fuhr mit schweißnassen Händen an ihrem Rock entlang, bevor sie zur Tür ging, um auf Mrs Hightowers Klopfen hin zu öffnen.

»Hallo, meine Liebe!«, begrüßte die rundliche, nette Maklerin sie überschwänglich. »Tut mir leid, dass ich zu spät komme, aber ich konnte nicht verhindern, dass ich so lange aufgehalten wurde. Ich habe versucht anzurufen … Oh hallo! Sie müssen Mr Paden sein.«

Mit ausgestreckten Händen bewegte sie sich auf ihn zu. »Bitte entschuldigen auch Sie meine Verspätung. Aber dafür haben Sie ja das Glück, Laura gleich zu Hause anzutreffen! Ich hätte natürlich da sein sollen, um Sie beide bekannt zu machen, aber hatten Sie nicht am Telefon erwähnt, dass Sie sie ohnehin schon kennen?«

»Ja«, antwortete er leise. »Wir kennen uns schon seit vielen Jahren.«

Laura vermied es, seinem Blick zu begegnen.

»Und, haben Sie das Haus schon angesehen?«

»Wir wollten auf Sie warten«, erklärte er.

»Na, dann möchte ich Sie nicht länger auf die Folter spannen. Es ist so wunderhübsch. Laura, Sie wissen doch alles über das Haus und seine Geschichte. Möchten Sie uns nicht begleiten?«

»Danke, sehr gern«, antwortete Laura und ignorierte James' »Siehst-du-ich-hab's-dir-doch-gleich-gesagt«-Miene.

Die nächste halbe Stunde besichtigten sie die geschmackvoll ausgestatteten Räume von Indigo Place. Das Haus befand sich seit mehreren Generationen im Besitz von Lauras Familie und war liebevoll eingerichtet und gepflegt. An einigen Stellen mussten Renovierungsarbeiten durchgeführt werden, doch im Großen und Ganzen war es tadellos. Es bestand aus insgesamt vierzehn Zimmern plus dem Eingangsbereich und einem großen Flur in der oberen Etage. Jedes Zimmer war wunderschön und passend zum neoklassischen Stil des Gebäudes möbliert.

Laura versuchte, möglichst unbeteiligt zu wirken, während sie ihr Wissen zum Besten gab. Aber wie immer, wenn sie über Indigo Place sprach, erwärmte sie sich schon bald für ihr Thema, und ihre Zuhörer waren zudem sehr aufmerksam. James behandelte die Maklerin höflich und charmant, und diese sonnte sich in seiner Aufmerksamkeit. Laura knirschte jedes Mal mit den Zähnen, wenn Mrs Hightower über einen klugen Spruch von ihm kicherte.

Sie beschlossen die Besichtigungstour im unteren Flur. Mrs Hightower lächelte zu James auf.

»Ist es nicht wunderschön, Mr Paden? Oder habe ich am Telefon übertrieben?«

»Nein, sicher nicht, Mrs Hightower, aber ich wusste ja bereits etwas Bescheid. Aus der Ferne habe ich dieses Haus schon immer bewundert.« Laura nahm diese Spitze hin, ignorierte jedoch den bedeutungsschwangeren Blick, den er ihr zuwarf. »Ich werde mir die Sache noch heute Abend sorgfältig überlegen.«

»Sehr schön. Bitte rufen Sie mich an, falls Sie irgendwelche Fragen haben.«

Die Maklerin wandte sich Laura zu.

»Vielen Dank, dass Sie uns das Haus gleich heute Abend besichtigen ließen. Sobald ich von Mr Paden etwas höre, melde ich mich bei Ihnen.«

»Dankeschön, Mrs Hightower.«

»Gute Nacht, Laura.«

Laura betrachtete die Hand, die er ihr entgegenstreckte. Sie war sauber. Und braun gebrannt. Und stark.

Eine schön geformte, männliche Hand, dachte sie, die wahrscheinlich große Kraft ausüben und einer Frau viel Vergnügen bereiten konnte.

»Gute Nacht, James.« Sie drückte seine schöne Hand kurz. »Willkommen zurück in Gregory.«

Er lächelte sie auf eine Art und Weise an, die besagte, dass er ganz genau wusste, wie sehr er in Gregory willkommen war – wie ein Maulwurf im Blumenbeet.

Er ging mit Mrs Hightower, und Laura schloss hinter ihnen ab. Selbst durch die schwere Haustür hindurch konnte sie hören, wie die Maklerin das »Objekt« in den höchsten Tönen lobte. Sie fasste diesen potentiellen Käufer mit Samthandschuhen an.

Für eine Immobilie in der Preisklasse von Indigo Place Nummer 22 fand sich höchstens eine Handvoll möglicher Kunden; bisher hatte noch niemand ernsthaftes Interesse gezeigt. James Paden war der erste wirkliche Kandidat, der als neuer Eigentümer infrage kam, und Mrs Hightower wollte sich dieses Geschäft auf keinen Fall entgehen lassen.

Laura blieb an der Haustür, bis sie hörte, wie das Motorrad hinter dem Wagen der Maklerin die Auffahrt hinunterfuhr. Erst dann ging sie durch sämtliche Zimmer, um die Lichter auszuschalten, und dabei tadelte sie sich selbst dafür, dass sie Mrs Hightower nicht schon am Nachmittag gefragt hatte, wer der Klient sei. Diese hatte ihr lediglich gesagt, es handle sich um einen Millionär aus Atlanta, der ein Zuhause suche, in dem er sich frühzeitig zur Ruhe setzen könne.

Deshalb hatte Laura mit einem viel älteren Mann gerechnet. Und sie hatte einen Fremden erwartet. Niemals wäre sie auf die Idee gekommen, dass es sich bei dem potentiellen Käufer um James Paden handeln könnte.

In den letzten Jahren waren in der Lokalzeitung immer wieder Berichte über ihn erschienen. Kurz nachdem er Gregory verlassen hatte, machte er sich als Rennfahrer einen Namen. Für Fans dieses Sports wurde er in relativ kurzer Zeit eine Berühmtheit, hatte er doch bereits bevor er dreißig wurde, einige beeindruckende Rekorde in Sachen Geschwindigkeit und Fahrkönnen aufgestellt. Über seinen Rückzug aus dem Rennsport berichtete eine der großen Zeitungen in Atlanta ausgiebig. Einige Monate später las Laura, er habe ein großes Geschäft für Autoersatzteile eröffnet.

Seither verfolgten die Bewohner von Gregory mit wachsendem Interesse, wie der Junge aus ihrer Stadt diesen ersten Laden zu einer außerordentlich erfolgreichen Kette ausbaute. Und der letzte Bericht über James Paden – den bislang niemand in Gregory zurückhaben wollte – besagte, er habe seine Ladenkette für eine horrende Summe an einen großen Konzern verkauft.

Laura war gleichgültig, wie viel Geld er bekommen hatte oder wie erfolgreich er zu sein schien, er war nach wie vor ungehobelt und legte schlechtes Benehmen an den Tag. Wie typisch für seine ärmliche Herkunft erschien es ihr doch, seinen Erfolg in eben jener Stadt zur Schau zu stellen, die ihn einst offen verachtet hatte.

Aber wen kümmerte das schon?

Sie sicherlich nicht. Warum hatte er sich nicht damit zufriedengeben können, mit seinen Millionen in Atlanta zu bleiben? In Gregory brauchte ihn niemand.

Leider entsprach das jedoch nicht ganz der Wahrheit. Denn sie brauchte unbedingt Geld.

Ihr Finanzproblem drückte sie sehr. Und das blieb auch so, als sie nach oben in ihr Schlafzimmer ging, das

James bei der Hausbesichtigung Gott sei Dank nur mit einem flüchtigen Blick bedacht hatte.

Beim Ausziehen dachte Laura voll Bitterkeit an den Tag, an dem der Nachlassverwalter sie bat, ihn aufzusuchen. In seinem beeindruckenden Büro mit den von Bücherregalen gesäumten Wänden hatte er ihr die vernichtende Nachricht überbracht, dass ihr Vater ihr nichts hinterlassen hatte außer einer Liste zorniger Gläubiger.

Bestürzt hatte sie zugehört, als der Mann ihr erklärte, ihr Vater sei unverantwortlich mit seinen Geldmitteln umgegangen und habe das Vermögen der Familie mit unrentablen Investitionen und zweifelhaften Spekulationsgeschäften vergeudet. Der Anwalt hatte ihr freundlich, aber unmissverständlich zu verstehen gegeben, dass sie pleite sei und über keinerlei Mittel verfüge, um die vielen offenen Rechnungen, die sich angesammelt hatten, zu begleichen.

»Aber wir haben doch immer gut gelebt!«

»Ja, durchaus. Randolph hätte niemals zugegeben, dass er in Schwierigkeiten steckte, und er hätte erst recht nicht Ihnen oder Ihrer Mutter eingestanden, dass Sie bei seinem Tod ein finanzielles Desaster erwarten würde.«

Laura hatte die Unterlagen durchgesehen, bis der Umfang ihrer Probleme sie zu überwältigen begann.

»Ich kann mir eigentlich nicht einmal mehr etwas zu essen leisten.«

»Es tut mir leid, Laura, dass das Ihr ganzes Erbe ist.«

»Na ja, wenigstens habe ich Indigo Place«, hatte sie wie im Reflex erwidert, während sie einen Stapel Rechnungen durchsah. Doch ein tiefer Seufzer des Anwalts ließ sie aufblicken.

»Das Haus gehört mir doch, oder?«, fragte sie ihn mit wachsendem Entsetzen.

Er legte väterlich seine Hand auf ihre.

»Es ist bis unters Dach mit Hypotheken belastet, meine Liebe. Die Bank hat mir mitgeteilt, wenn Sie ihre Verluste nicht innerhalb von sechs Monaten ausgleichen, wird sie den Weg der Zwangsversteigerung beschreiten. Deshalb rate ich Ihnen dringend zum Verkauf.«

Das war der letzte Schlag gewesen. Ihr Kopf war auf den Schreibtisch des Anwalts gesunken, und sie hatte geweint wie ein Kind. Doch allmählich fand sie sich mit der Lage ab. Dass sie kein Geld mehr hatte, war ein unhaltbarer Zustand, aber er entsprach nun einmal den Tatsachen.

In aller Stille hatte sie Indigo Place Nummer 22 zum Verkauf ausgeschrieben. Als das bekannt wurde, was sich natürlich nicht vermeiden ließ, hatte sie jeglichen Klatsch mit der Erwiderung im Keim erstickt, dass sie es müde sei, das Haus zu erhalten, dass sie es hasse, daran gebunden zu sein, dass sie sich die Freiheit wünsche, reisen zu können, ohne für den Erhalt dieses Besitzes verantwortlich zu sein.

Jawohl, sie würde reisen, sie würde die Stadt verlassen und sich eine Stelle suchen, sobald das Haus verkauft war.

Laura stieg in ihr Bett, schaltete das Licht aus und schaute wie immer hinaus auf den Magnolienbaum vor ihrem Fenster. Die Zeit wurde knapp. Bis zu dem von der Bank gesetzten Termin blieb kaum mehr ein Monat. Insolvenz anzumelden und der ganzen Stadt das Scheitern ihres Vaters zu offenbaren, war undenkbar. Vor allem wollte sie nicht den guten Ruf ihrer Familie in Mitleidenschaft ziehen. Also musste sie das Haus verkaufen, und zwar bald.

Aber sie dachte nicht daran, so ein schwarzes Schaf wie James Paden dort einziehen zu lassen!

2

Laura wachte spät auf und fühlte sich abgespannt, denn sie hatte ewig wach gelegen und zu wenig und schlecht geschlafen. Sie spürte, dass ein sehr beunruhigender Traum daran schuld gewesen war. Die Erinnerung blieb jedoch undeutlich. Instinktiv wusste sie aber, dass sie sich nicht eingestehen wollte, wovon – oder besser gesagt, von wem – der Traum gehandelt hatte.

Trübsinn gleich nach dem Aufwachen war ihr nichts Neues. Während der langen Krankheit ihres Vaters sowie in der Zeit nach seinem Tod und der Entdeckung ihres finanziellen Dilemmas hatte Laura den Schein gewahrt und sich zusammengerissen. Aber in Wirklichkeit konnte sie sich kaum mehr daran erinnern, wie es war, sich auf das Aufstehen am Morgen zu freuen. In letzter Zeit verhieß jeder neue Tag nur neue Probleme.

Sie trottete in das Bad neben ihrem Schlafzimmer und duschte – zuerst so heiß, wie sie es aushielt, dann so kalt wie möglich, um munter zu werden. Unglücklich zu sein machte sie lethargisch, und solch eine Dusche war ein ganz gutes Gegenmittel. Danach zog sie eine alte, abgeschnittene Jeans und ein T-Shirt mit der Aufschrift »So viele Männer, so wenig Zeit« an, ein Geschenk einer Freundin, die es aus New Orleans mitgebracht hatte. Barfuß, ein Handtuch ums Haar gewickelt, ging sie nach unten und kochte Kaffee, den sie dringend brauchte.

Die Türklingel ließ sie aus der Trance aufschrecken, in die sie das beständige leise Blubbern der Kaffeemaschine versetzt hatte. Ihre Schritte auf dem Weg zur Tür waren auf den alten Holzdielen und den Perserteppichen kaum zu hören. Als sie durch die Vorhänge im Esszimmer lugte und den frühen Besucher erkannte, schloss sie die Augen, ballte die Fäuste und fluchte leise.

Sie riskierte einen kurzen Blick in den Spiegel im Flur, stöhnte und wünschte sich, lieber nicht hineingeschaut zu haben. Kein Make-up, barfuß, nasse Haare, ein Handtuch um den Kopf. Großartig. Einfach toll.

Und verdammt, er sah wirklich umwerfend aus!

Sie öffnete die Tür ohne ein Wort des Grußes. Ihr finsterer Blick sagte alles.

Er betrachtete sie von oben bis unten und wagte es unverzeihlicherweise zu lachen.

»Guten Morgen.«

»Hallo.«

Es blieb ihr nichts anderes übrig, als dazustehen und zu warten, bis er den Slogan auf ihrem T-Shirt gelesen hatte. Danach musste sie sein ungläubiges Grinsen ertragen. Am liebsten hätte sie es ihm aus dem Gesicht geprügelt. Stattdessen schaute sie nur blasiert und gelangweilt.

Ein Blick an seinen beeindruckend breiten Schultern vorbei sagte ihr, dass er das Motorrad gegen einen silberfarbenen Sportwagen vertauscht hatte; die Marke kannte sie nicht. Das Gefährt war so niedrig und stromlinienförmig, dass sie sich fragte, wie er seine langen Glieder in dieses Ding hineingefaltet hatte.

»Willst du mich nicht ins Haus bitten?«

»Nein.«

»Darf ich reinkommen?«

»Wozu?«

»Hat Mrs Hightower nicht angerufen?«

»Nein.«

Während sie es sagte, klingelte das Telefon. Er zwinkerte ihr zu.

»Ich wette, das ist sie.« – Laura starrte ihn nur an, ohne einen Gedanken daran, zur Seite zu treten.

»Möchtest du nicht ans Telefon gehen?«, fragte er, nachdem es mehrmals geklingelt, sie sich aber nicht vom Fleck gerührt hatte.

Trotz ihrer nachlässigen Kleidung behielt Laura ihre abweisend stolze Haltung bei, ging jedoch schließlich ins Haus und ans Telefon, das im Flur in einer Nische unter der Treppe stand.

»Hallo ... oh, guten Morgen, Mrs Hightower.« Sie blickte zu James, der ungebeten eintrat, die Haustür hinter sich schloss und ihr einen zufriedenen Blick zuwarf.

»Er ist schon hier«, sagte Laura mürrisch. »Ich hätte mir gewünscht, dass Sie ... Ach, Sie haben angerufen? ... Dann war ich wohl gerade unter der Dusche ... Na gut ... Ich möchte wirklich ... Ja, ich bin mir sicher. Kein Problem. Auf Wiederhören.«

Sie legte auf und wandte sich langsam ihrem unwillkommenen Gast zu.

»Sie sagte, du willst das Haus noch einmal sehen. Wieso? Du hast es doch erst gestern Abend besichtigt.«

»Wenn ich mich entschließe, es zu kaufen, bedeutet das ja eine ganz ordentliche Investition. Meinst du nicht, dass ich es mir dann auch bei Tageslicht ansehen sollte?«

»Na ja, vermutlich schon.«

Oh Gott, wenn sie bloß nicht so entsetzlich aussehen würde. Sie wünschte, ihr T-Shirt wäre nicht so weich und eng anliegend. Sie wünschte, sie hätte einen BH angezogen.

Und so, wie sein Blick über sie hinwegglitt, wünschte sie sich außerdem, sie wäre von Kopf bis Fuß in ein langes, dunkles Tuch eingehüllt. Ihr Beine fühlten sich nackter an als je zuvor in ihrem Leben; sogar ihre Füße schienen verletzlich zu sein, als er sie betrachtete.

»Also gut«, sagte sie und schritt ins Esszimmer voran, »fühl dich wie zu Hause. Ich habe gerade Kaffee …«

»Danke, das ist wirklich wunderbar.«

Laura starrte ihn mit offenem Mund an. Sie hatte ihn partout nicht zum Kaffee eingeladen. James Paden hatte wirklich absolut kein Benehmen. Jeder andere Mann hätte ihre Verlegenheit gespürt und wäre so unauffällig wie möglich seinen Geschäften nachgegangen. Aber sie hätte wohl in Betracht ziehen müssen, dass sie eine derartige Rücksichtnahme von ihm nicht erwarten konnte.

»In der Küche«, sagte sie unwirsch.

»Schön, die wollte ich mir sowieso noch einmal genauer ansehen.«

Er folgte ihr durch das vornehme Esszimmer in die sonnige Küche, wo sie vom Duft frischen Kaffees empfangen wurden.

»Willst du dich nicht setzen?«

Sie brachte ein steifes Lächeln zustande, sorgte jedoch dafür, dass ihre Einladung nicht ermutigend klang.

»Gleich«, antwortete er geistesabwesend. Er betrachtete die Küche mit dem prüfenden Blick eines Meisterkochs. »Bleibt die gesamte Einrichtung drinnen?«

»Das habe ich mir noch nicht überlegt.«

Sie griff in den Hängeschrank nach dem Kaffeegeschirr, und dabei wurden ihr gleich mehrere Dinge auf einmal bewusst: wie sich ihr T-Shirt beim Hochstrecken noch fester über ihre Brüste spannte, wie kurz und eng anliegend die abgeschnittene Jeans war, und welcher Duft von James Paden ausging. Seine Haut roch nach Seife und einem herben Aftershave. Bestimmt schmeckte sein Mund nach Pfefferminz.

Möge der Himmel sie davor bewahren, dass sie je Gelegenheit hätte, das nachzuprüfen, aber …

»Und?«

»Und was?« Sie tat ihr Bestes, trotz ihrer zitternden Hände zwei Tassen Kaffee einzuschenken. Früher hatte sie diese Küche immer verflucht, weil sie so groß war, dass man unnötige Schritte machen musste, um an die Dinge heranzukommen. Aber in den letzten paar Minuten schien sie drastisch geschrumpft zu sein.

»Die Einrichtung. Danke«, sagte er und nahm eine Tasse in Empfang.

»Na ja, ich denke, ich nehme sie nicht mit. Sie wurde bei der Renovierung der Küche eingebaut. Ich habe sicher keine Verwendung für sie, und wenn ich sie verkaufe, bekomme ich ja kaum noch etwas dafür. Milch oder Zucker?«

»Nein, danke.« Er nahm einen Schluck. »Wohin gehst du denn?«

Ihr Blick folgte dem Dampf, der aus ihrer Tasse aufstieg, und traf auf seinen.

»Wohin ich gehe? Wann?«

»Wenn du das Haus verkaufst?«

»Einfach weg«, antwortete sie ausweichend.

Sie musterten einander für einige Zeit. Laura wandte den Blick zuerst ab.

»Wie du siehst, ist die gesamte Einrichtung der Küche in perfektem Zustand und funktioniert einwandfrei.«

Er nahm alles genau unter die Lupe. Laura war es wesentlich lieber, er begutachtete ihr Haus als ihr Aussehen, doch seine peinliche Genauigkeit war einfach entnervend und ärgerlich. Er fand ein winziges Loch in einer Fuge zwischen den Fliesen und kratzte mit dem Fingernagel daran.

»Da ist nur der Mörtel ein wenig locker«, sagte sie ungeduldig.

»Ich weiß, das könnte ich selbst in Ordnung bringen.« Wieder schaute er auf ihre Brüste ohne den geringsten Versuch, seine Faszination zu verbergen, und ließ seine grünen Augen lange auf ihnen ruhen, ehe er ihr wieder ins Gesicht sah.

»Ich bin sehr gut mit den Händen.«

Sein steter Blick hielt sie mehrere Herzschläge lang gefangen. Schließlich wandte sie sich ärgerlich ab.

Darauf würde ich wetten, dass du gut mit den Händen bist, dachte sie bitter.

Laura leerte ihre Tasse mit einem einzigen Schluck, obwohl sie sich dabei gründlich die Zunge verbrühte, und stellte sie samt Untertasse mit einer heftigen Bewegung auf der Arbeitsplatte ab. Sie wollte ihn nicht im Haus haben. Er brachte sie durcheinander, er machte sie nervös und trieb sie in die Enge. Aber sie konnte ihn nicht einfach hinauswerfen; schließlich war er Mrs Hightowers Klient. Die einzige Wahl, die ihr blieb, war, diese Geschichte so rasch wie möglich zu Ende zu bringen.

»Was möchtest du dir ansehen?«

Er lehnte sich mit übereinandergeschlagenen Beinen an die Küchenzeile und nippte gemächlich an seinem Kaffee, ohne sie einen Moment aus den Augen zu lassen.

»Ich habe bisher noch nicht viel zu Gesicht bekommen. Was möchtest du mir denn zeigen?«

Die Doppeldeutigkeit seiner Worte blieb ihr nicht verborgen, doch sie ignorierte sie. Dachte er eigentlich nie an etwas anderes? Sein Ruf als Frauenheld war wahrlich keine Übertreibung. Wenn alles stimmte, was man sich über ihn erzählte, dann grenzte es an ein Wunder, dachte Laura, dass er es fertigbrachte, den Reißverschluss seiner Hose geschlossen zu halten.

Mit diesem Gedanken wanderten ihre Augen nach unten, um es zu prüfen. Was sich sofort als Fehler erwies. Denn seine Jeans passte. Sie saß. Wie angegossen sogar. Und obwohl der Reißverschluss ordentlich hochgezogen war, konnte die Hose sein Geschlecht nicht verbergen. Und wenn diese Ausbuchtung hinter dem Reißverschluss nicht ausgereicht hätte, um sie davon zu überzeugen, dass diese Person männlich war, ein vollendeter Mann, dann hätten es die schlanken, muskulösen Schenkel getan, die den passenden Rahmen bildeten.

Er war nicht füllig um die Mitte, oh nein. Sein Freizeithemd warf nicht eine Falte über der ebenen Fläche seiner Bauchdecke, nur oben ging es etwas in die Breite, um sich seiner Brust anzupassen. Sie zwang sich dazu, die verführerischen goldbraunen Haare im Ausschnitt seines Hemds nicht zu bemerken.

Dennoch war sie, nachdem sie ihn so gemustert hatte, nicht in der Lage zu sprechen, und deshalb brach er das Schweigen.

»Wie wär's mit dem Keller?«

»Was ist damit?«

»Du hast gestern Abend davon gesprochen, aber ich habe ihn nicht gesehen. Führt diese Tür da hinunter?«

Er ging zu der Tür auf der anderen Seite der Küche und versuchte, sie zu öffnen.

»Der Schlüssel hängt an dem Nagel dort«, sagte Laura und zwang ihre Füße, sich über die Fliesen zu bewegen. Um den zwischen dem Kühlschrank und der Wand verborgenen Schlüssel zu erreichen, musste sie sich dicht neben James stellen.

»Hast du ihn immer abgeschlossen?«

»Ja.«

»Warum? Sind dort unten die Leichen versteckt?«

Sie warf ihm einen unfreundlichen Blick über die Schulter zu und sperrte die Tür auf.

»Nein, aber das ist der einzige Bereich von Indigo Place, den ich nie gemocht habe.«

»Warum nicht?«

»Ich weiß nicht«, antwortete sie mit einem Achselzucken. »Weil er unheimlich ist.«

»Dann sollte ich vielleicht besser vorangehen.«

Er zwängte sich an ihr vorbei. Sie drückte sich so flach wie möglich an den Türbalken, aber er berührte sie trotzdem. Überall und überall gleichzeitig. Seine Brust streifte über ihre. Ihr gesamter Körper erwachte mit einem Schlag zum Leben, als sei sie an einen elektrischen Stromkreis angeschlossen worden. Es hätte sie nicht überrascht, Funken sprühen zu sehen.

Auf der zweiten Stufe drehte er sich um.

»Kommst du?«

Sie hatte diese Zeile einmal in einem Film gehört, und die Heldin hatte eine ebenso schlagfertige wie schlüpfrige Antwort gegeben.

Laura konnte sich lediglich über sich selbst ärgern, weil sie an so etwas überhaupt dachte, und stammeln: »Äh, nein, geh nur. Ich glaube, ich genehmige mir noch eine Tasse Kaffee, solange du da unten herumpirschst.«

»Bitte. Es ist wirklich ein wenig unheimlich. Außerdem musst du mir alles zeigen. Was ist, wenn ich mich verirre? Und wenn ich eine Frage habe ...«

»Ja, schon gut«, erwiderte Laura gereizt. Zögernd setzte sie einen nackten Fuß auf die erste Stufe.

»Hier, ich helfe dir.«

Bevor sie merkte, was er im Sinn hatte, umschloss seine warme Hand die ihre, und er führte sie langsam die dunkle Treppe hinunter.

»Vorsichtig«, mahnte er sie.

»Unten an der Wand rechts ist ein Lichtschalter«, sagte sie. Das Echo ihrer Stimme hallte unheimlich wider. Er fand den Schalter, aber nichts geschah.

»Tut mir leid. Wahrscheinlich ist die Birne durchgebrannt.«

»Das macht nichts. Wenn die Tür offen ist, sehe ich schon etwas.«

Laura hatte gehofft, dass er die Besichtigung des Kellers ohne Licht einstellen würde. Sie war sogar schon dabei gewesen, sich umzudrehen und wieder nach oben zu gehen, doch er hatte ihre Hand nicht losgelassen. Nun blieb ihr keine Wahl, als ihm auf seinem Weg in das unterirdische Gewölbe zu folgen.

Der Boden unter ihren nackten Füßen fühlte sich unangenehm feuchtkalt an. Es roch modrig nach umgepflügter Erde. Vor ihrem geistigen Auge sah sie Spinnen und Mäuse und alles mögliche schauderhafte Getier vorbeihuschen.

»Was ist in all diesen Gläsern in den Regalen?«

»Eingemachtes und Marmelade. Früchte und Gemüse in Dosen. Gladys hat das alles heruntergebracht, bevor sie gegangen ist.«

»Sind die Sachen gut?«

»Sie sind köstlich. Gladys ist eine wunderbare Köchin.«

»Zu schade, dass du sie gehen lassen musstest.«

Laura ging sofort in die Verteidigung.

»Ich musste sie nicht gehen lassen. Ich habe es freiwillig getan.«

Er erwiderte nichts, sondern stellte eine weitere Frage, und dann noch eine, bis seine Neugier bezüglich des Kellers befriedigt war. Während der ganzen Zeit hatte er ihre Hand gehalten, doch ihr entging völlig, wie fest sie die seine hielt, bis sie zur Treppe zurückgingen. Erst als von oben Licht auf sie fiel, lockerte Laura ihren Griff.

»Du magst diesen Keller wirklich nicht, was?«, fragte er sie leise an der untersten Stufe.

»Nein.«

»Und du frierst.«

Er begann, kräftig ihre Arme zu reiben. Im ersten Moment war Laura sehr verblüfft. Sie stand einfach nur da und ließ zu, dass seine Hände fest immer wieder von ihren Ellbogen zu den Schultern und zurück glitten, bis ihr allmählich warm wurde.

Oder wurde ihr nur einfach aus lauter Verlegenheit heiß? Denn James blickte ihr nicht ins Gesicht, und auch nicht auf ihre Arme, die eine Gänsehaut bekommen hatten. Er schaute auf ihre Brüste. So hatte er herausgefunden, dass sie fror.

Sie streifte seine Hände ab und stieg rasch die Treppe hinauf.

»Ich glaube, ich brauche noch einen Kaffee.«

Oben angekommen, eilte sie zu ihrer Tasse und füllte sie erneut.

»Du auch?«

»Ich nicht mehr, danke.«

Er verschloss sorgfältig die Kellertür und hängte den Schlüssel wieder an seinen Platz.

»Aber ich glaube, ich weiß etwas, das dir einen viel größeren Genuss verschaffen würde, als es Kaffee je könnte.«

Sie drehte sich langsam um, und ebenso langsam nahm sie ihre Tasse vom Mund. Seine Stimme war leise und tief; sie deutete an, dass zwischen ihnen ein hoher Grad an Intimität herrschte. Sein Blick war suggestiv, und so, wie er auf sie zukam, strahlte er eine Menge Selbstsicherheit aus. Laura wusste, dass sie weglaufen sollte, doch sie konnte sich nicht bewegen. Nicht einmal, als er die Hände hob und sie berührte.

Bedächtig wickelte er das Handtuch um ihren Kopf auf und legte es beiseite. Die nassen Haare fielen ihr ins Gesicht und auf die Schultern. James fuhr mit beiden Händen durch die Strähnen und strich sie aus ihrem Gesicht. Seine Finger spielten damit und entwirrten sie. Nachdem er ihr Haar mehrmals bis zu den seidigen Enden durchgekämmt hatte, umschlossen seine Hände ihren Nacken, und seine Finger massierten sanft ihre Halswirbel.

»Nun, hat das nicht geholfen, ein bisschen von der Spannung in deinem Nacken abzubauen?«

Das hatte es zweifellos getan. Es hatte zudem ihre Knie butterweich werden lassen, sodass sie kaum mehr stehen konnte. Und es hatte im Zentrum ihres Körpers ein Feuer entfacht, dessen Hitze sich überallhin ausbreitete.

»Doch, danke.«

Ihr wichtigstes Ziel konnte nun nur noch sein, ihm zu entkommen, ehe sie ein Opfer seines nicht zu verleugnenden Charmes wurde. Sie schüttelte seine Hände ab und zwang sich, hinter ihn zu treten. Irgendwie schaffte sie es, ihre Kaffeetasse samt Untertasse auf dem Tisch abzustellen, bevor sie beides fallen ließ.

»Warum … warum gehen wir nicht zuerst durch die Räume im Erdgeschoss? Wenn es dann noch irgendetwas zu sehen gibt, zeige ich es dir.«

»In Ordnung. Geh bitte voraus.«

Dass er ihr das Handtuch abgenommen hatte, bestärkte ihr Selbstvertrauen nicht gerade. Nasse Haare waren irgendwie viel zu persönlich. Jedes Mal, wenn er sie ansah, fühlte sie sich entblößt und verletzlich, doch sie vertraute darauf, dass ihre angeborene Gelassenheit ihr dabei helfen würde, eine Besichtigungstour des Erdgeschosses zu überstehen.

Natürlich war das alles eine Farce. Sie würde niemals einen Vertrag mit James Paden akzeptieren, selbst wenn er den Preis, den sie verlangte, um das Dreifache überbot. Es erschien ihr wie eine Entweihung, dass er durch diese Räume schritt. Sie schauderte bei dem Gedanken, dass er und seine rüpelhaften Freunde durch ihr Haus stürmen würden, wie sie es früher häufig samstagabends im Kino gemacht hatten, bis der Besitzer sie hinauswarf – einfach nur des Aufruhrs wegen.

Nur über ihre Leiche!

»Das ist Vaters Büro«, erklärte sie und führte ihn in ein geräumiges, holzgetäfeltes Zimmer im hinteren Teil des Hauses.

Es war mit schweren Möbeln aus Leder und Eiche ausgestattet und roch noch immer nach Pfeifentabak. Auf dem Boden vor dem offenen Kamin lag ein Bärenfell, und über dem Kaminsims hingen mehrere Jagdtrophäen. Die Mitte des Raums dominierte ein Billardtisch mit altmodischen Ledertaschen.

»Er hat Poolbillard gespielt?«, fragte James.

»Stundenlang«, antwortete sie und lachte über diese schönen Erinnerungen.

»Das ist also der Unterschied.«

Überrascht von seinem spöttischen Ton drehte sie sich zu ihm um.

»Der Unterschied?«

»Zwischen einem Gentleman und einem Tunichtgut. Wenn du in der Spielhalle herumhängst, giltst du gleich als Abschaum, aber wenn man stundenlang zu Hause Billard spielt, dann ist man ein Gentleman.« Er warf noch einmal einen bitteren Blick auf den Spieltisch, dann auf Laura, und sagte schroff: »Gehen wir nach oben.«

Der unterschwellig drohende Ton in seiner Stimme behagte ihr nicht. Es war schlimm genug, einen Mann, insbesondere einen Mann mit James Padens Ruf, nach oben zu den Schlafzimmern zu führen, wenn niemand sonst im Haus war. Und sein »Gehen wir nach oben«, in dem die verhüllte Drohung mitschwang, dass er dort die Wiedergutmachung für all die erlittenen Herabsetzungen und die entgegengebrachte Verachtung einfordern würde, verstärkte das flaue Gefühl in ihrem Magen noch.

Als sie das obere Stockwerk erreichten, hatte sich seine düstere Miene jedoch schon wieder aufgehellt. Laura zeigte ihm in der Hoffnung, es werde seine Neugier befriedigen, zuerst das große Schlafzimmer. Aber sobald sie wieder auf dem Flur waren, stellte er sich fragend vor sie, bis sie ihm auch noch die beiden anderen Schlafzimmer und die dazugehörigen Bäder zeigte. Dann ging sie geradewegs auf die Treppe zu.

»Jetzt zeige ich dir ...«

»Was ist das?«

Ohne sich umzudrehen, wusste sie, was er meinte – ihr Schlafzimmer im hinteren Teil des Hauses.

»Das ist mein Schlafzimmer«, antwortete sie widerstrebend.

»Kann ich es sehen?«

»Muss das sein?«

»Ich denke schon.«

Warum war Mrs Hightower nicht hier, um ihre Arbeit zu tun und sich ihre sechs Prozent Provision zu verdienen? Laura tadelte sich dafür, dass sie James Paden ohne die Maklerin herumführte. Die Überschwänglichkeit der Frau war zwar ärgerlich, doch in ihrer Gegenwart hätte sie billigen können, dass er sämtliche Schlafzimmer noch einmal sehen wollte.

»Ich bin sicher, wenn du ein ernsthaftes Angebot machst, wird Mrs Hightower einen weiteren Termin ...«

»Aber wenn ich nun schon mal da bin.«

Er schob die Hände tief in die Hosentaschen, legte den Kopf schief und setzte eine Miene auf, als könne er bis zum Ende der Welt dort stehen bleiben.

Ein unerträglich dreistes Benehmen, dachte Laura, doch anstatt sich auf eine Diskussion einzulassen, die seine Anwesenheit nur in die Länge ziehen würde, stimmte sie zu.

»Also gut.« Ohne ihre Feindseligkeit zu verbergen, führte sie ihn noch einmal den Flur entlang und ließ ihn in das Zimmer. Sein Blick fiel sofort auf ihr Bett, das noch nicht gemacht war. Im Kissen ließ sich noch die Mulde erkennen, in der ihr Kopf gelegen hatte. Das pastellfarbene Laken war zerwühlt; das Bett wirkte behaglich und auf ziemlich eindeutige Weise einladend.

Er ging geradewegs darauf zu, setzte sich und strich über das Betttuch.

»Ich habe mich immer gefragt, wie wohl Laura Nolans Bett aussieht.«

Sie hätte am liebsten etwas gesagt, zum Beispiel: »Wenn ich nicht absolut pleite wäre, würdest du dich das bis an dein Lebensende fragen«, doch eine derart spöttische Bemerkung verkniff sie sich.

Stattdessen murmelte sie nur: »Tut mir leid, dass es noch nicht gemacht ist. Ich hatte heute Morgen keine Zeit dazu.«

»Schon gut. Ich habe es lieber, wenn mein Bett nicht gemacht ist.«

Sie schluckte und bemühte sich, die Erregung zu unterdrücken, die sein zärtliches Streichen über ihr Laken bei ihr auslöste.

Nachdem er ihr einen glühenden Blick zugeworfen hatte, stand er auf und ging zum Toilettentisch, begutachtete ihre Parfumzerstäuber, die Perlenkette, die in die samtbezogenen Schatulle zurückzulegen sie vergessen hatte, ihre Sammlung alter Hutnadeln und den Behälter aus Kristallglas für ihre Ringe, den sie von ihrer Großmutter bekommen hatte.

Als Nächstes galt seine Aufmerksamkeit der Chaiselongue in der Ecke. Er betrachtete sie lange, dann schwenkte sein Blick mit der Andeutung eines Lächelns wieder auf Laura zurück. Sie bekam das Gefühl, dass er dabei einen äußerst schmutzigen Gedanken hegte.

Er trat vor eines der breiten Fenster und blickte eine ganze Weile nach draußen. Man sah von dort auf das weitläufige Grundstück hinter dem Anwesen, den Landungssteg, das Bootshaus und den Sund von St. Gregory.

»Hübsche Aussicht.«

»Ich habe sie immer geliebt.«

»War das die ganze Zeit dein Schlafzimmer?«

»Bis auf die vier Jahre, die ich im College war.«

Er drehte sich zu ihr um.

»Hier hast du also geschlafen, als wir uns kennenlernten?«

Sie nickte.

»Du hast immer so ... perfekt ausgesehen. Unberührbar. Wie eine Puppe. Es sieht auch aus wie eine Puppenstube.« Er schaute wieder auf das Bett. »Schläfst du immer allein?«

Sie hob fast unmerklich das Kinn.

»Das geht dich nichts an.«

Er grinste.

»Ich meinte, keine Katze, kein Hündchen, kein Teddybär?«

»Nein«, entgegnete sie steif und verschränkte die Arme, was sie bereits im nächsten Augenblick bedauerte, weil diese Geste seine Aufmerksamkeit schon wieder auf ihren Busen lenkte.

»Dieses Zimmer gefällt mir. Es ist gemütlich. Intim.«

Sie blieb standhaft, wenngleich ihre Wangen flammend rot wurden und ihr Herz pochte. Seine Worte klangen zwar ganz unschuldig, doch sie wusste, dass er sich mit Absicht zweideutig ausdrückte. Sie wollte aus dem Zimmer rennen und ihre Brüste bedecken, die sie verrieten, weil sie auf seine Anzüglichkeiten reagierten.

»Und das ist das Badezimmer?« – »Ja.« Er ging zu der halb offenen Tür und tat einen Schritt hinein. Laura wagte es nicht, ihm zu folgen. Mit ihm in ihrem Schlafzimmer zu stehen, war schlimm genug gewesen. Weitere Peinlichkeiten wollte sie sich ersparen.

Augenblicke später kam er wieder heraus.

»Diese Sachen hingen an der Stange des Duschvorhangs. Sie sind trocken.«

Sie wurde bleich vor Entsetzen, als sie auf seiner ausgestreckten Hand ein Paar ihrer Strümpfe, einen BH und ein Höschen sah.

»D-danke«, stammelte sie und griff nach der spitzenbesetzten Unterwäsche. Die Seide war noch warm von seiner Berührung.

Sie ließ die Sachen auf einen Stuhl fallen, als seien sie der vernichtende Beweis für ein schmutziges Verbrechen.

»Nun, ich denke, das ist für den Augenblick alles«, meinte er.

Sie folgte ihm aus dem Zimmer, noch immer zu schockiert und verlegen, um sprechen zu können, und kaum in der Lage, sich zu bewegen. Er wartete auf sie am Fuß der Treppe und ließ sich zur Haustür bringen.

»Du hörst dann von mir oder von Mrs Hightower.«

»In Ordnung.«

Es hatte keinen Zweck – höchstens den, dass es ihn ärgern würde –, ihm jetzt zu sagen, dass sie sein Angebot für das Haus nicht akzeptieren würde, auch wenn es noch so attraktiv sein sollte. Sie bezweifelte ohnehin, dass er wirklich und ernsthaft erwog, es zu kaufen. Weshalb sollte ein Mann mit seinen Mitteln, ein unabhängiger, das Leben genießender Mensch wie er, sich die Verantwortung für ein historisches Gebäude aufbürden?

Wahrscheinlich hatte er es einfach nur aus einer perversen Neugier heraus besichtigen wollen. Er war nie nach Indigo Place eingeladen worden. Und nun war er reich und berühmt und konnte tun und lassen, was er wollte, ohne das bittere Gefühl der gesellschaftlichen Zurückweisung zu spüren zu bekommen. Bestimmt fand er Gefallen daran, jetzt, da sich für ihn das Blatt gewendet hatte, rücksichtslos auf anderen herumzutrampeln. Da er nie in dieses Haus eingeladen worden war, hatte er sicher seinen Spaß daran, ihr einmal richtig seinen Erfolg unter die Nase zu reiben.

In solche Gedanken versunken, bemerkte Laura höhnisch: »Ich hoffe, du hast bekommen, was du wolltest.«

Sie bedauerte ihre Worte, sobald sie ausgesprochen waren – vor allem, als er abrupt stehen blieb und sich langsam zu ihr umdrehte. Plötzlich sah er nicht mehr wie ein dreißigjähriger Millionär aus, sondern er war wieder achtzehn – wild, ungezähmt und gefährlich. Eine rebellische Locke hing ihm in die Stirn. Seine höhnisch geschürzten Lippen, die ein Lächeln vorgeben sollten, standen ihr genauso deutlich vor Augen wie damals, auf den Seiten des Schuljahrbuchs.

Er schloss die Tür wieder, die er bereits geöffnet hatte. »Nicht ganz«, sagte er nur.

Mit einer leichten, blitzschnellen Bewegung ergriff er ihren Arm, drehte sie herum und presste sie gegen die Tür. Beide Hände neben ihrem Kopf ausgespreizt, beugte er sich zu ihr, und gleichzeitig drückte sein Knie ihre Schenkel auseinander.

Sein Mund wollte sich über den ihren legen. Sie wich aus, warf den Kopf von einer Seite zur anderen.

»Nein! Nein!«

Doch er war unerbittlich, er gab nicht nach, und obwohl er nicht einmal seine Hände benutzte, ergab sie sich, sobald sein Mund auf den ihren traf und ihn mit offenen Lippen begierig küsste. Der Druck, den er ausübte, stimmte genau; seine Zunge forderte und liebkoste sie in einer perfekten Mischung. Das Feuer dieses Kusses ließ ihren letzten Widerstand dahinschmelzen.

Es war einer dieser gierigen Küsse, von denen sie geglaubt hatte, es gebe sie nur in Filmen. Voller Heißhunger labte er sich an ihrem Mund wie an einem saftigen, köstlichen Dessert. Er wollte mehr und immer noch mehr und hörte nicht auf, sie zu schmecken. Gleichzeitig rieb er seinen Oberschenkel sanft zwischen den ihren.

Als er endlich den Kopf hob, waren ihre Lippen rosig und nass, ihre Augen klar, und ihr Körper warm und geschmeidig. Ihre Brüste hoben und senkten sich rasch. Er betrachtete sie, berührte unverfroren eine der steifen Spitzen und machte sie mit langsamen, kreisenden Bewegungen seines Daumens noch härter.

»Oh Baby, du bist gut«, murmelte er, stöhnte und küsste sie erneut.

Laura fühlte sich durch die Freiheit, die er sich ihr gegenüber herausnahm, gedemütigt; mehr aber noch dadurch, dass sie alles widerstandslos hinnahm. Schließlich befreite sie sich aus seinen Armen und schob ihn von sich. Sie blickte ihn atemlos an, ihr ganzer Körper war steif vor Wut.

»Warum hast du das getan?«

Sie war bis in ihre Grundfesten erschüttert, doch ihr Zorn schien ihn bestenfalls zu amüsieren.

»Ich dachte einfach, du brauchst einmal einen richtig guten Kuss.«

Noch ehe sie mit einer vernichtenden Antwort aufwarten konnte, war er verschwunden.

»Ich verstehe Sie nicht, Laura.«

Laura rieb sich die Stirn in der vergeblichen Hoffnung, ihre hämmernden Kopfschmerzen loszuwerden, und drückte den Hörer fester ans Ohr. Sie hatte sich vor diesem Anruf von Mrs Hightower gefürchtet, und er erwies sich in der Tat als so unangenehm, wie sie es vorausgeahnt hatte.

»Es tut mir leid, dass ich Sie enttäuschen muss, aber dieser Vertrag ist für mich nicht annehmbar.« Sie konnte sich vorstellen, wie die Maklerin am anderen Ende der Leitung langsam von eins bis zehn zählte.

»Aber er bietet exakt, was Sie fordern!«, rief Mrs Hightower. »Auf den letzten Cent!«

»Ich weiß, ich weiß«, erwiderte Laura und knabberte an ihrer Lippe. »Es geht nicht ums Geld.«

»Haben Sie sich den Verkauf noch einmal überlegt?«

»Natürlich nicht.«

Die Frage der Maklerin war rein hypothetisch, schließlich wusste sie genau, dass Indigo Place Nummer 22 unbedingt verkauft werden musste.

»Nun, dann?«

Laura rutschte auf ihrem Stuhl hin und her.

»Es ist nicht das Geld. Es ist der Käufer«, sagte sie leise.

»Ich verstehe.«

»Das glaube ich nicht, Mrs Hightower. Bitte denken Sie nicht, ich sei ein Snob. Sie müssen verstehen, dass dieses Haus immer meiner Familie gehört hat. Es ist für mich nicht nur ein Stück Besitz. Man kann den Wert, den es für mich hat, nicht in Dollar und Cent ermessen. Der Besitz eines solchen Anwesens verlangt eine große Verantwortungsbereitschaft. Und ich möchte sicherstellen, dass die Person, die es kauft, dies berücksichtigt.«

»Ich bezweifle, dass Mr Paden ein nachlässiger Besitzer wäre. Er gilt als tüchtiger Geschäftsmann.«

Und als Weiberheld, dachte Laura bitter.

Wegen der Geschehnisse des Morgens fand sie sich

noch immer selbst widerwärtig. Wie hatte sie nur einfach dastehen und sich in dieser Weise von ihm benutzen lassen können?

In der Schule war sie einige Klassen unter James Paden gewesen, doch sie und alle anderen Mädchen der Gregory High School hatten über seine Fähigkeiten in puncto küssen Bescheid gewusst. Diejenigen, die ihnen erlagen, pflegten damit anzugeben. Sie wurden zwar insgeheim beneidet, aber als »schlecht« abgestempelt und fortan von jedem Mädchen gemieden, das auf seinen guten Ruf Wert legte.

Was hatte das also nun für Laura Nolan zu bedeuten? Sie war ihm nicht nur erlegen, sondern hatte sich sogar aktiv beteiligt!

»Ich rede nicht von geschäftlichem Scharfsinn«, fuhr sie die Maklerin an und ließ an ihr die Verärgerung aus, die sie gegenüber sich selbst empfand. Dann fuhr sie wesentlich versöhnlicher fort: »Ich spreche von Emotionen. Bindungen. Einem Gefühl für Beständigkeit. Es tut mir leid, Mrs Hightower, aber ich glaube, James Paden ist nicht der Käufer, den ich mir wünsche.«

»Ich war der Meinung, Sie wollten unbedingt verkaufen«, entgegnete sie frostig.

»Das ist richtig«, erwiderte Laura nicht weniger eisig. »Aber wenn Sie die Traditionen, die mit diesem Besitz verbunden sind, nicht respektieren wie ich es tue, gibt es andere …«

»Es tut mir leid«, beeilte sich Mrs Hightower zu sagen. »Natürlich verstehe ich Ihre gefühlsmäßige Bindung an das Haus. Es ist nur etwas unglücklich, dass wir nach solchen Kriterien unterscheiden müssen. Was soll ich Mr Paden denn sagen?«

»Sagen Sie ihm, dass ich sein Angebot nicht annehme.«

»Er ist kein Mann, dem man so einfach etwas abschlägt.« Das war eine Untertreibung. »Tun Sie Ihr Bestes.«

»Na gut«, meinte Mrs Hightower entmutigt.

Laura bedauerte es, dass sie der Maklerin solche Probleme bereitete, doch sie konnte einfach nicht gegen ihr innerstes Empfinden handeln. James Paden würde ihr Haus niemals bekommen, solange sie es verhindern konnte.

Wie Mrs Hightower vorausgesagt hatte, nahm er ihre Ablehnung nicht einfach hin. Die Maklerin rief an diesem Nachmittag noch zweimal an, um über Zusatzvereinbarungen zum Vertrag zu sprechen. Aber obwohl James zu weitgehenden Zugeständnissen bereit war, blieb Laura stur. Schließlich wurde sie seiner Hartnäckigkeit und der unterschwelligen Vorwürfe der Maklerin überdrüssig und verließ einfach das Haus, um nicht noch einmal am Telefon verhandeln zu müssen.

Es war Freitagnachmittag. Die Straßen der Stadt waren voller Wochenendeinkäufer, die zur Bank eilten, um ihre Gehaltsschecks einzulösen, und junger Leute, die die Hauptstraße auf und ab fuhren, um zu sehen und gesehen zu werden – das war in einer Kleinstadt wie Gregory eine der beliebtesten Formen der Freizeitgestaltung.

Eine schwüle Brise vom Golf sorgte für eine hohe Luftfeuchtigkeit. Laura fand den Gedanken an ein warmes Abendessen abstoßend; deshalb hielt sie am Markt an, um frische Früchte für einen Obstsalat zu kaufen.

Gerade als sie die saftigsten Pfirsiche aus Georgia aussuchte, fuhr hinter ihr fast lautlos ein Wagen vor. Die Beifahrertür öffnete sich und hätte beinahe ihre Waden gestreift. Sie drehte sich um und sah James Paden, der über den Beifahrersitz lehnte und ihr einen düsteren Blick zuwarf.

»Steig ein.«

3

Laura ignorierte ihn und wandte sich wieder um.

»Ich sagte, steig ein.«

Sie schenkte ihre ungeteilte Aufmerksamkeit weiterhin den Pfirsichen.

»Es macht mir nichts aus, eine Szene abzuliefern, Laura, das weißt du ja sicher. Aber ich denke, dir würde es nicht sehr gefallen, wenn ich dich an den Haaren in den Wagen zerren würde. Also, wenn du den braven Leuten von Gregory nicht ein pikantes Thema zum Abendessen servieren willst, dann solltest du besser deinen süßen Hintern in diesen Wagen schwingen.«

Seine Stimme war leise und freundlich, dabei hatte sie jedoch einen solch drohenden Unterton, dass Laura dachte, es sei auf jeden Fall besser, ihn sehr ernst zu nehmen. Bisher hatte niemand bemerkt, dass er mit ihr redete, doch das konnte er im Nu ändern. Und dass als Krönung all ihrer anderen Probleme auch noch ihr Name mit dem seinen in Verbindung gebracht wurde, das brauchte sie nun wirklich nicht. Er mochte heute mehr Geld haben als damals, aber er erfreute sich nach wie vor eines schlechten Rufs. Und das Gedächtnis der Menschen von Gregory reichte weit zurück.

Sicher war es in seiner momentanen Gemütsverfassung weniger riskant, in seinen Wagen zu steigen, solange noch niemand ihn erkannt hatte, als ihn seine Drohung wahrmachen zu lassen.

»Ich komme später noch einmal, Mr Potee«, rief Laura dem Besitzer des Standes zu. Er war gerade mit einer anderen Kundin beschäftigt und nickte nur beiläufig.

Sie stieg in den Sportwagen ein und schloss eilig die Tür. James legte den erste Gang ein, und das Auto schoss los wie eine Rakete, sodass Laura in den Ledersitz gedrückt wurde, in dem man ohnehin fast mehr lag als saß.

Er fuhr schnell, aber sehr sicher. Dennoch hielt Laura den Atem an angesichts der Geschwindigkeit, mit der er die Straßen der Stadt nahm, bis sie diese hinter sich gelassen hatten.

»Willst du mir nicht sagen, wohin wir fahren?«, fragte sie.

Falls er zornig war, ließ er es sich nicht anmerken. Auch er saß tief in seinem Sitz. Wenn er nicht gerade schaltete, lag seine rechte Hand auf dem lederbezogenen Steuerrad; den linken Ellbogen hatte er lässig in das offene Fenster gestützt. Er schien nicht zu bemerken, wie der Fahrtwind seine Haare zerzauste, und erst recht nicht, dass Lauras Frisur dadurch völlig zugrunde gerichtet wurde.

Er warf ihr nur einen raschen Blick von der Seite zu und antwortete knapp: »Parken.«

»Pa …« Laura konnte das Wort nicht einmal aussprechen. Ihr Mund wurde schlagartig trocken. Sie wandte den Blick von ihm ab und schaute angestrengt durch die Windschutzscheibe.

Die Straße, die er genommen hatte, führte nach Osten an die Küste des Sunds von St. Gregory. In der Ferne konnte man bereits das Meer durch die Bäume schimmern sehen.

Die Fahrbahn wurde schmaler und endete schließlich am sumpfigen Strand einer kleinen Bucht. James stellte den mächtig dröhnenden Motor ab. Sie befanden sich in einer gottverlassenen Gegend; die Bäume um sie herum schienen sie auf unheilvolle Art und Weise zu umzingeln. Kletterpflanzen rankten sich um ihre Äste und hingen in dichten Vorhängen zu Boden. Dunkle Pinien reckten sich himmelwärts.

Der Strand selbst war nur ein schmaler Streifen Sand, auf dem Büschel von Riedgras wuchsen. Im Dämmerlicht begannen Nachtvögel gerade, sich zu sammeln. Insekten summten dicht über dem träge ans Land plätschernden Wasser.

Laura fuhr unwillkürlich zusammen, als James einen Arm über ihre Rückenlehne legte.

»Beruhige dich.«

»Ich wette, das sagst du zu allen Mädchen, die du hierher bringst«, erwiderte sie säuerlich und drückte sich an die Tür.

Er lachte; seine Stimme war tief, verführerisch.

»Wenn ich es mir so überlege, hast du eigentlich recht.«

»Und, haben sie sich beruhigt?«

Sein träger, schläfriger Blick senkte sich auf ihren Mund. »Die meisten schon.«

»Und die anderen?«

»Waren zu aufgeregt, um sich zu beruhigen.«

»Aufgeregt?«

»Erregt.«

Aber fragen musstest du, nicht wahr, du dusselige Kuh?

»Und einfach zu aufgeregt, mit mir hier zu sein.«

Seine Selbstgefälligkeit war schlichtweg unglaublich. Laura gab einen verächtlichen Laut von sich.

»Also, ich bin weder ruhig noch aufgeregt. Ich bin einfach nur wahnsinnig wütend! Würdest du mich bitte zum Markt zurückbringen, damit ich mit meinem Wagen nach Hause fahren kann?«

»Nein. Noch nicht. Zuerst müssen wir uns ein wenig unterhalten.«

»Wir hätten uns auch am Telefon ein wenig unterhalten können. Aber das wäre dir wohl zu schicklich und zu konventionell gewesen, nicht wahr? Du hast ja in deinem Leben noch nie etwas Schickliches oder Konventionelles gemacht.«

»Richtig.« Er beugte sich lächelnd zu ihr. »Und weißt du was? Ich glaube, dass dir genau das an mir gefällt. Und zwar sogar sehr. Deswegen schlägt dein Herz so schnell wie das eines erschreckten Kaninchens.«

Sie wollte seine Beobachtung nicht mit einer Entgegnung würdigen – hauptsächlich deshalb, weil er in beiden Punkten recht hatte, aber auch, weil er das schnelle Schlagen ihres Herzens nur durch einen Blick auf den Stoff hatte erkennen können, der sich darüberbewegte. Sicherheitshalber ging sie wieder dazu über, wie versteinert durch die Windschutzscheibe zu starren.

»Warum hast du mein Angebot für dein Haus nicht akzeptiert?«

»Weil es unakzeptabel war.«

»Ich habe geboten, was du verlangt hast.«

»Ich will vom Käufer von Indigo Place mehr als nur Geld.«

»Was denn zum Beispiel?«

»Zum Beispiel Engagement.«

»Würdest du das bitte erläutern?«

»Ich will nicht, dass irgendein zweifelhafter Charakter es kauft und dann verfallen lässt.«

»Ich habe nichts dergleichen vor.«

»Ich bin sicher, dass du schon bald die Schnauze voll hättest. Es ist zu abgelegen. Gregory bietet kein illustres Nachtleben, wie du es meiner Meinung nach sicher haben willst. Für dich wären die Stadt und die Verantwortung, die mit einem Anwesen wie Indigo Place einhergeht, nur langweilig.«

»Ich möchte mich hier zur Ruhe setzen.«

»Zur Ruhe setzen?«, fragte sie ungläubig. »Mit zweiunddreißig?«

»Ja, zur Ruhe setzen«, erwiderte er, und langsam verzog sich sein Mund zu einem Lächeln. »Bis ich eine interessante Möglichkeit gefunden habe, wie ich meine nächste Million machen kann.«

Niemand, der etwas auf sich hielt, sprach offen über seinen finanziellen Erfolg. Seine Bemerkung bestätigte nur sein schlechte Kinderstube. Aber wenn er so ungehobelt sein konnte, dann konnte sie das auch.

»Ich will das Haus nicht an dich verkaufen. Basta.«

»Es gibt Gesetze gegen Diskriminierung«, erwiderte er ruhig.

»Ich werde mir einen Weg überlegen, sie zu umgehen.«

»Ich kann mir das Haus leisten.«

»Das weiß ich. Aber Indigo Place ist keine Trophäe, die man für einen gut gemachten Job bekommt.«

»Was soll das heißen?« Sein Körper spannte sich an, als wolle er sich verteidigen. Laura wusste, dass sie einen Nerv getroffen hatte.

»Das heißt, dass dich der Besitz dieses Hauses weit weniger interessiert als vielmehr das Ansehen, das damit verbunden ist. Aber du scheinst nicht zu erkennen, dass man Ehre und Würde nicht kaufen kann. Respekt ist etwas, das dir all deine Millionen nicht einbringen, Mr Paden!«

Er biss vor Zorn die Zähne zusammen, aber er widersprach ihr nicht.

Schließlich sagte er: »Okay, du hast mich durchschaut. Aber du bist selbst ebenso leicht durchschaubar.

Ich kenne den wahren Grund, weshalb du nicht an mich verkaufen willst.«

»Und welcher wahre Grund wäre das, bitte?«, fragte sie süßlich.

Ihr neckisches Getue provozierte ihn. Er packte sie so schnell am Arm, dass sie vor Schreck zusammenfuhr.

»Mein Geld ist nicht gut genug, deshalb!«

»Das ist nicht ...«

»Lass mich ausreden. Mein Geld ist kein ›alter Reichtum‹. Es hat nicht über Generationen voller Vornehmtuerei hinweg in Banktresoren vor sich hingeschimmelt. Es ist verdient worden, wenn auch nicht durch das Beackern dieses kostbaren Landes, sondern durch den Verkauf eines Produkts. Deinem Denken nach bin ich nicht besser als ein Hausierer.

Ich weiß nicht einmal den Namen meines Großvaters, ganz zu schweigen davon, wie viel Geld er besaß. Mein Stammbaum lässt sich nicht bis zum Bürgerkrieg und noch weiter zurückverfolgen. Ich war das missratene Kind eines stadtbekannten Säufers – und wer zum Teufel bin ich eigentlich, dass ich mir einbilde, Indigo Place kaufen zu können? Das ist es doch, was du denkst, nicht wahr?«

Sie log. »Nein.«

Er schüttelte sie leicht.

»Gut, ich sage dir noch etwas, Miss Laura Nolan. Du brauchst gar nicht so anmaßend und arrogant zu sein. Ich weiß alles über deine finanziellen Probleme. Dein blaues Blut hilft dir nicht, deine Rechnungen zu bezahlen, stimmt's? Und der Name deiner Familie bringt dir noch lange kein Brot auf den Tisch, oder? Als du mit leeren Händen dastandest, hat dich die Bank nicht ein einziges Mal gefragt, wer dein Großpapa war. Du steckst schlicht und ergreifend im Dreck. Also, wie weit hat dich dein ganzes großartiges Erbe gebracht, hm?«

Tränen der Demütigung quollen ihr aus den Augen. Sie konnte es nicht ertragen, dass er über ihre Verschuldung Bescheid wusste.

»Wie abscheulich von dir, das zu erwähnen.« Sie befreite sich aus seinem Griff. »Ich brauche dich und dein Geld nicht.«

»Das werden wir sehen«, knurrte er. »Du bist bis über beide Ohren verschuldet, also tu gefälligst nicht so hochnäsig. Ob es dir gefällt oder nicht, ich werde dich aus deinem Schlamassel herausholen. Jedenfalls sehe ich keine Schlange von Interessenten, die sich darum prügeln, dir Indigo Place aus deinen aristokratischen Händchen zu reißen. Dir bleibt schlichtweg nichts anderes übrig, als es an Abschaum wie mich zu verkaufen. Das ist es, was dich ärgert.«

»Fahr mich nach Hause«, jammerte sie.

»Was nervt dich denn am meisten, hm? Dass ich das Geld habe und du nicht mehr? Dass James Paden jetzt das Sagen hat? Dass ich in einem Haus wohnen werde, in dem ich mich noch vor ein paar Jahren nicht blicken lassen durfte, weil ich nicht gut genug dafür war?«

Er machte eine Pause, um seine Worte wirken zu lassen.

»Oder dass ich dich heute geküsst habe, und es dir gefallen hat?«

Kochend vor Wut blickte sie zu ihm auf.

»Du kannst das Haus haben, verdammt noch mal! Bring mich einfach nur zu meinem Wagen zurück, sofort!«

Plötzlich nahm er ihr Gesicht in seine Hände. Sie versuchte, sich abzuwenden, aber er drehte ihren Kopf zu sich, sodass sie ihn ansehen musste.

»Du weißt, dass das heute nicht das erste Mal war«, sagte er leise.

Sie drückte fest die Augen zu.

»Bitte, fahr mich in die Stadt zurück.«

Er betrachtete sie lange mit düsterer und angespannter Miene. Endlich ließ er sie los und lehnte sich in seinen Sitz zurück. Er drehte den Zündschlüssel, und der Motor röhrte auf. Sie sprachen nicht mehr.

Der Markt war geschlossen, als sie dort ankamen. Sobald James bremste, öffnete Laura sofort die Tür und stieg aus.

»Ich rufe Mrs Hightower noch heute Abend an.«

Sie schlug die Tür rasch zu. Er fuhr nicht weiter, bis sie ihren Parkplatz sicher verlassen hatte.

Der Vollmond warf düstere Schatten in ihr Zimmer. Sie lag im Bett und dachte daran, wie wenige Nächte sie noch hier schlafen würde. Der Gedanke bereitete ihr unerträgliche Qualen. Er brach ihr das Herz, und sie zweifelte daran, dass diese Wunde je wieder heilen würde. Sie von Indigo Place zu trennen war gleichbedeutend damit, ihr das Herz aus dem Leib zu reißen. Wie konnte sie ohne ihr Haus leben?

Aber genau das würde sie tun müssen, denn in zwei Tagen gehörte es dem Gesetz nach jemand anderem. James Paden würde dann als Eigentümer eingetragen sein.

Wie unschwer vorauszusehen war, hatte sich Mrs Hightower sehr gefreut, als Laura ihr am Telefon mitteilte, sie werde Mr Padens letztes Angebot akzeptieren. Sie erwähnte allerdings nicht, wie sehr er ihr zugesetzt hatte, bis sie kapitulierte. Die einzige Sorge der Maklerin war, dass der Verkauf nun rasch vonstatten ging und sie ihre üppige Provision kassieren konnte.

»Ich habe den Vertrag bereits fertig. Wenn ich heute Abend Ihre und Mr Padens Unterschrift bekomme, können wir die Transaktion übermorgen abschließen. Morgen muss ich natürlich noch einen ganzen Berg Papierkram erledigen, aber Mr Paden war daran gelegen, den Kauf möglichst schnell abzuwickeln.«

»Übermorgen schon!«, rief Laura alarmiert. »Aber da habe ich ja nicht einmal mehr Zeit zum Packen!«

»Doch, haben Sie. Im Vertrag steht ausdrücklich, dass Sie dreißig Tage Zeit haben, um das Haus zu räumen.«

Das war ein schwacher Trost, aber eben nur ein schwacher. In dreißig Tagen würde sie Indigo Place Nummer 22 für immer verlassen müssen. Sie konnte den Gedanken daran nicht ertragen. Ebenso wenig, wie sie den Gedanken an den Kuss ertragen konnte, den James Paden ihr diesen Morgen gegeben hatte.

Oder den Kuss, den er später erwähnt hatte.

Jahrelang hatte Laura nach dem Vorfall versucht, diese spezielle Erinnerung aus ihrem Gedächtnis zu löschen. Nun hatte James sie wieder wachgerufen, und sie musste irgendwie damit fertig werden. Vielleicht konnte sie den Vorfall als Erwachsene ja aus einer anderen Perspektive sehen. Doch als sie sich an jenen Abend nach dem Fußballspiel erinnerte, befiel sie wieder der vertraute Zweifel.

Es war in ihrem letzten Jahr an der High School gewesen, an einem kalten Freitagabend im November. Ihr Atem war in Wölkchen aufgestiegen, als sie auf dem Weg zum Schulbus die Betonstufen des Musiktrakts hinuntersprang.

Auch die Auspuffgase mehrerer Motorräder hatten die kalte Luft vernebelt; sie kamen plötzlich wie aus dem Nichts dahergeschossen und formten einen Halbkreis um Laura. Im Nu saß sie zwischen ihnen und der Wand des Gebäudes in der Falle.

»Na, wen haben wir denn da?«, fragte einer der Biker gedehnt. »Das ist doch glatt eins von den Tanzmädels! Na, wie heißen sie euch gleich wieder, Kleine?«

»Das ist 'ne Majorette, du Doofmann«, erklärte einer seiner Kumpel. »Und eine, wie sie im Buch steht! Zierlich wie 'ne Ballerina, was?«

Sie hielten das alle für unglaublich witzig und lachten schallend. Leider nicht laut genug, um die Aufmerksamkeit der anderen Cheerleader-Mädchen auf sich zu lenken, die gerade in den Bus einstiegen. Sie wollten zu einer Party fahren, denn das Fußballteam der Schule hatte gewonnen, und alle waren in Feierstimmung. Der ganze Bus lachte und johlte; jemand hatte eine Trommel mitgebracht und schlug darauf einen Marschrhythmus.

Laura war im Schatten des Schulgebäudes gefangen und bezweifelte, dass jemand sie sehen würde. Nach ihr würde niemand mehr aus der Schule herauskommen, denn sie war die Letzte gewesen.

»Lasst mich durch«, sagte sie so herablassend, wie sie konnte.

Ihr Herz schlug so wild und laut wie die Trommel. Sie kannte die Motorradfahrer; diese Kerle gehörten zu einer Gang und streiften meist ziellos durch die Straßen der Stadt, immer darauf aus, anderen Schaden zuzufügen oder Ärger zu machen. Als Einzelpersonen waren sie vielleicht gar nicht so schlimm, doch wenn sie zusammen auftraten und einander aufwiegelten, konnten sie gefährlich werden. Laura war vernünftig genug, in dieser Situation Angst zu haben.

Einer – der, der sie als Erster angesprochen hatte – rollte seine Maschine noch näher an sie heran.

»Erst musst du uns noch ein bisschen was zeigen, Tanzmädel. Beim Fußballspiel haben wir ja fast nichts mitgekriegt von dir, was, Jungs?«

Seine Freunde lachten über diese superschlaue Bemerkung und stimmten ihm herzhaft zu. Dadurch ermutigt, riss er Laura die Jacke mit den Schulinitialen herunter, sodass sie nur in dem kurzen Glitzerkostüm dastand, das die Majoretten trugen. Auf dem Fußballfeld sah das gut aus, doch aus der Nähe wirkten die gleißenden Pailletten billig und kitschig.

Laura bemerkte die lüsternen Blicke der jungen Männer um sie herum; das Entsetzen schnürte ihr die Kehle zu.

Sie wirbelte herum in der Absicht, wegzulaufen. Doch ein weiteres Motorrad, das sie bis jetzt nicht bemerkt hatte, versperrte ihr den Weg. Auf ihm saß, lässig eine Zigarette im Mundwinkel, James Paden, der anerkannte Anführer der Gang. Laura hatte ihn nicht mehr oft gesehen, seit er zur allgemeinen Überraschung drei Jahre zuvor die Schule abgeschlossen hatte.

Sie wusste, dass er in einer Reparaturwerkstatt am Rand der Stadt arbeitete, aber sie hatte nie eine Gelegenheit gehabt, in die Nähe eines solchen Orts zu kommen. In ihrer Familie wurde alles, was mit Autos zu tun hatte, von Bo erledigt. Sie hatte den jungen Paden in der Stadt gesehen, allerdings nur sehr sporadisch und selten. Und geredet hatte sie mit ihm nur, wenn er sie ansprach.

Einmal, in einem Supermarkt, als ein Getränkeautomat zwar ihre Münzen geschluckt hatte, aber nichts dafür hergeben wollte, war er dazugekommen, hatte mit der Faust hart auf die Maschine eingeschlagen, Laura die daraufhin erscheinende Dose geöffnet und sie ihr gereicht. Sie hatte sich bei ihm bedankt, und er bedachte sie daraufhin mit einem Lächeln, das besagte: »Ich weiß, wie du nackt aussiehst«. Dann war er ohne ein Wort weggegangen.

Und nun stand sie ihm von Angesicht zu Angesicht

gegenüber, und sie befanden sich in seinem Revier. Seine Stirn über den nachdenklichen Augen mit den gesenkten Lidern legte sich in Falten. Das Kinn war vom hochgestellten Kragen seiner Lederjacke eingerahmt, seine Schenkel über der im Leerlauf schnurrenden Maschine breit gespreizt. Und auch er selbst schien zu schnurren – wie eine Katze, die eben ihr Abendessen gefangen hatte.

Er nahm einen tiefen Zug von seiner Zigarette und blies den Rauch in die Luft, wo er gespenstisch seinen Kopf umschwebte. Dann warf er sie auf den Asphalt.

»Wohin so eilig, Miss Laura?«

»Zur – zur Party mit dem Fußballteam.« Sie befeuchtete sich nervös mit der Zunge die Lippen, weil sie merkte, dass die anderen fünf Motorradfahrer sich von hinten näherten und ihr jeden Fluchtweg abschnitten. Einer machte eine obszöne Bemerkung über ihre Beine.

James deutete mit einer Bewegung des Kinns auf seine Freunde. »Die Jungs und ich, wir können dir eine tolle Party liefern.«

Sie wieherten. »Ha, und ob wir das können!«, meinte einer.

Laura erschauderte vor Kälte und vor Angst.

»Ich muss aber bei der Gruppe bleiben.«

»Du tust wohl immer, was man von dir erwartet?«, fragte Paden.

Sie hatte keine Zeit, ihm zu antworten, denn in diesem Moment wurde ihre Aufmerksamkeit auf den Bus gelenkt, der sich geräuschvoll in Bewegung setzte und den einsamen Parkplatz verließ. Entsetzt beobachtete Laura, wie seine Schlusslichter kleiner und kleiner wurden und schließlich verschwanden.

»Na, also das ist doch wohl die Höhe, was?«, meinte einer der Kerle hinter ihr. »Jetzt sind sie doch glatt ohne dich abgehauen, Tanzmädel.«

In panischer Angst blickte Laura zu James. »Bitte.« Tränen füllten ihre Augen.

»Na los, dann zeig uns mal, was du drauf hast, Kleine!« Der Sprecher gab ihr einen deftigen Klaps auf den Hintern.

Sie wirbelte herum.

»Lass das! Wage es nicht, mich noch einmal anzurühren!«

Er runzelte die Stirn. »Also ich weiß nicht, ob ich mich mit deinem hochnäsigen Getue anfreunden kann, Süße. Was zierst du dich denn so?«

»Sie ist sauer, weil sie ihren Tambourstab vergessen hat. Schätze, ich muss ihr einen anderen langen Stock zum Spielen geben.«

Alle brachen in brüllendes Gelächter aus. Der Letzte, der gesprochen hatte, stieg von seiner Maschine.

»Dann schauen wir mal, wie gut du darin bist, neue Freunde zu gewinnen.« Er packte Laura an den Schultern.

»Nein!«

Sie schrie und begann, sich gegen ihren Angreifer zu verteidigen. Tatsächlich schaffte sie es, ihn mit beiden Fäusten gleichzeitig am Kinn zu treffen. Er fluchte wutentbrannt und verdoppelte seine Anstrengung, sie sich gefügig zu machen. Doch Laura leistete mehr Widerstand, als sie ihr zugetraut hatten; deshalb kamen ihm nun seine Freunde zu Hilfe. Laura kämpfte wie besessen und rief gleichzeitig flehend um Hilfe.

»Lasst sie in Ruhe.«

Die leise gesprochenen Worte durchschnitten die Dunkelheit wie ein Schwerthieb. Alle bis auf einen der Rocker wichen zurück. Dieser eine presste seinen Mund auf Lauras Lippen, und seine Hände drückten ihren Po, dass es weh tat.

»Ich sagte, lass sie in Ruhe!«

Dieses Mal waren die Worte deutlich schärfer. Der Möchtegern-Liebhaber hob den Kopf und blickte über die Schulter zum Anführer der Gang.

»Wieso denn?«

»Weil ich es dir sage.«

»Mensch, Mann, die ziert sich doch nur. Aber in Wirklichkeit will sie's!«

»Ich sage es dir nicht noch einmal.«

Der Rocker überlegte kurz, ob er sich auf ein Wortgefecht einlassen sollte, dann gab er nach. Er wusste, was für ein guter Kämpfer Paden war, und wollte lieber nichts riskieren.

Sobald der andere die Arme sinken ließ, packte James Laura am Handgelenk und zog sie so plötzlich zu sich heran, dass sie sich beinahe den Hals verrenkt hätte.

»Steig auf«, sagte er knapp mit einer Kopfbewegung nach hinten.

Sie ließ es sich nicht zweimal sagen und schwang sich auf den Rücksitz seiner Maschine. Das kalte Leder wirkte an der Innenseite ihrer nackten Schenkel wie ein Schock; sie sog erschreckt den Atem ein. Doch die kühle Luft in ihrem Mund fühlte sich gut an, sie vertrieb den Biergeschmack, den der unerwünschte Kuss hinterlassen hatte.

»Gebt ihr ihre Jacke«, befahl James.

Einer seiner Freunde gehorchte. James ließ ihr Zeit, sie anzuziehen; dann warf er seinen treu ergebenen Kumpels ein kurzes »Bis später« zu, ließ den Motor aufheulen und fuhr los. Warum sie nicht umkippten, als sie vom Parkplatz auf die Straße einbogen, konnte sich Laura nicht erklären.

Auch einiges andere konnte sie sich nicht erklären, bis auf ihre Angst, sie werde sich nicht auf dem Sitz halten können. James spürte diese Angst offensichtlich, denn er drehte sich um und rief ihr zu: »Leg deine Arme um mich!« Zögernd, doch der Not gehorchend, kam sie seiner Aufforderung nach und umklammerte seine Taille. Unter der Lederjacke war sein Körper warm. Und männlich. Beängstigend männlich. Sie hatte noch nie einen Jungen so vertraulich angefasst. Allerdings war James kein Junge mehr; er war ein Mann.

»Wo ist die Party?«

»Ich will nicht hingehen«, rief sie zurück. »Bitte bring mich einfach nach Hause.«

Er fragte sie nicht nach dem Weg. Er wusste, dass ihr Zuhause Indigo Place Nummer 22 war.

Aber so schnell er auch fuhr, ihre Angst konnte er nicht vertreiben. Die Ungeheuerlichkeit der Situation, der sie eben entronnen war, holte sie wieder ein; Tränen rollten ihr über die Wangen und gefroren in dem eisigen Fahrtwind fast auf ihrer Haut.

Um sich gegen die Kälte zu schützen, schmiegte sie sich an James Padens Rücken. Er roch nach Rasierwasser und Leder. Seine Haare peitschten in ihr Gesicht. Sobald sie die Straßen der Stadt hinter sich gelassen hatten und die holprigere Landstraße erreichten, klammerte sie sich noch heftiger an ihn und presste, ohne es zu merken, seine Hüften zwischen ihre Schenkel.

Laura bekam mit, dass sie Indigo Place erreichten, aber sie hob den Kopf erst, sobald James in die gewundene Auffahrt zu Nummer 22 einfuhr. Das Haus lag im Dunkeln. Ihre Eltern waren nach dem Fußballspiel mit Freunden ausgegangen, weil sie dachten, Laura würde auf der Party in Sicherheit sein.

Das Motorrad kam zum Stehen, doch sie bewegte sich nicht sofort. Sie blieb sitzen, an den wildesten Kerl geklammert, der je die Straßen von Gregory heimgesucht hatte. Erst nach einer Weile bewegte sie die Arme.

»Alles okay?«, fragte James und blickte sich zu ihr um. Sie begegnete seinem Blick, dachte, was er für schöne Wimpern hatte, und nickte. »Sicher?«

Beim Absteigen hielt sie sich an seinen Schultern fest.

»Ja. Danke.« Ihre Stimme zitterte. Das Mondlicht spiegelte sich in den nassen Linien, die die Tränen über ihre Wangen gezogen hatten. Ihre Augen drohten noch immer davon überzuquellen. Sie glänzten.

James warf sein langes Bein über die Maschine und stellte sich vor Laura. Er studierte ihr Gesicht. Ein flüchtiges Lächeln umspielte seine Mundwinkel.

»Dein Lippenstift ist verschmiert.«

Er legte eine Hand an ihre Wange und fuhr mit dem Daumen sanft über ihren Mund, um den roten Lippenstift abzuwischen, den sie immer nur zu den Fußballspielen trug. Dies wiederholte er mehrmals, und dabei verfolgten seine Augen aufmerksam die langsame Bewegung seines Daumens.

Ihre Verletzlichkeit berührte ihn auf eine seltsame Weise. Noch nie hatte er so weiche Lippen gespürt. Er blickte ihr in die Augen. Sie waren groß, unschuldig, verwirrt und voll schimmernder Tränen.

Er folgte ausschließlich seinem Instinkt, als er sich zu ihr hinunterbeugte und sie küsste. Es war ein zärtlicher und dennoch leidenschaftlicher Kuss, mitten auf ihre Lippen. Sanft rieb er seinen leicht geöffneten Mund an ihrem.

Für Laura war es der intimste und wundervollste Kuss, den sie je bekommen hatte. Ein heftiges Prickeln lief durch ihren Körper und konzentrierte sich in ihrem Schoß. Ihre Brüste kribbelten. Sie reagierte, indem sie sich mit Gewalt von ihm löste, damit sie ihn nicht in die Arme schloss. Das erregende Verlangen, das sie verspürte, jagte ihr Angst ein; plötzlich hasste sie den

Mann, der ihr dieses Gefühl von Unsicherheit und Schutzlosigkeit bescherte.

»Hast du mich vor deinen Freunden gerettet, damit du mich für dich allein haben kannst?«

Ihre Boshaftigkeit überraschte James so sehr, dass er zunächst einen Schritt zurücktrat. Doch dann verzog sich sein Mund zu dem bekannten, arroganten Grinsen, und er warf ihr einen kurzen, abschätzigen Blick zu.

»Du bist zu brav für mich, Miss Laura.«

Er schwang sich auf seine Maschine, warf den Motor an und brauste davon. Das durchdrehende Hinterrad schleuderte kleine Kieselsteine auf Lauras weiße Stiefeletten.

Sie hatte ihn seit damals nicht mehr wiedergesehen, bis zum gestrigen Abend, als er aus dem Dunkel herausgetreten war, das die Veranda ihres Hauses umgab. Wie immer hatte James Paden auch dieses Mal ihr nur Schwierigkeiten gemacht. Und wieder trat er als ihr Retter auf, doch seine Hilfe war ihr so wenig willkommen wie damals, bei jenem ersten Mal.

Sie trug das gleiche Kostüm, das sie zur Beerdigung ihres Vaters getragen hatte. Es passte genau zu ihrer Stimmung. Aufrechten Ganges und erhobenen Hauptes betrat sie das Gebäude der Grundbuchbehörde von Georgia. Nur wer sie wirklich gut kannte, hätte erraten können, dass sie sich kurz vor dem Zusammenbruch befand.

»Guten Morgen, Laura«, begrüßte James Paden sie einige Minuten später, als er das Büro betrat, in das man sie geführt hatte.

Sie bedachte ihn mit einem steifen Lächeln. »James.«

»Ich hoffe, der Zeitpunkt ist nicht unpassend für dich.«

Laura biss die Zähne zusammen, damit sie ihn nicht anschrie und ihm sagte, dass es überhaupt keinen Zeitpunkt gab, der nicht unpassend war, um ihm das Anwesen ihrer Familie zu überschreiben.

Nur mit größter Mühe brachte sie heraus: »Ich möchte diese Sache so schnell wie möglich hinter mich bringen.«

Er setzte sich neben sie auf einen Stuhl. Sie war erstaunt und erleichtert darüber, wie »normal« er aussah. Normal in dem Sinne, dass er gekleidet war wie ein gewöhnlicher Geschäftsmann – er trug einen gut sitzenden, dreiteiligen braunen Anzug mit weißem Hemd und dazu eine stilvolle, braun gestreifte Krawatte. Seine Manschettenknöpfe und die Krawattennadel waren aus Gold, die braunen Schuhe hochglanzpoliert. Kurz, er sah aus wie der Prototyp eines Yuppies aus der Welt des modernen Business. Laura konnte sich nicht daran erinnern, ihn schon einmal anders als in Jeans gesehen zu haben.

Doch wenn auch seine Kleidung der eines Managers entsprechen mochte, sein Gesichtsausdruck war verdrossen wie eh und je, als sie es wagte, ihm in die Augen zu sehen.

Mrs Hightower beendete ihr Gespräch mit dem Herrn von der Grundbuchbehörde und eilte mit wichtigtuerischem Gehabe zu dem Tisch herüber, an dem Laura und James saßen.

»Alles ist in Ordnung und zur Unterzeichnung bereit.«

Laura blickte auf den Stapel von Dokumenten und setzte unter jedes eiligst ihren Namen. Mrs Hightower schob diese dann weiter zu James, und auch er unterzeichnete an den vorgesehenen Stellen.

Laura versuchte, sich von dem Geschehen abzulenken. Wenn sie anfing, darüber nachzudenken, was sie tat, würde sie es nicht übers Herz bringen. Sie betrachtete diesen Termin als eine Art Ritual, ähnlich einem Besuch beim Zahnarzt. Man musste es so schmerzlos wie möglich hinter sich bringen – in dem Wissen, dass das Ergebnis vorteilhaft sein würde.

Schließlich übergab ihr der Mann einen Bankscheck. Während Mrs Hightower James überschwänglich zu seinem neuen Heim gratulierte, betrachtete Laura das Stück Papier.

»Da stimmt etwas nicht«, sagte sie plötzlich. Drei Augenpaare blickten überrascht auf sie.

»Der Scheck«, fuhr Laura fort und hielt ihn vor sich. »Die Summe ist zu hoch.«

»Ich bin sicher, dass alles seine Richtigkeit hat«, meinte der Herr von der Company und setzte seine Lesebrille auf.

»Mrs Hightowers Provision und die Beträge, die der Verkäufer zu tragen hat, sind nicht abgezogen«, sagte Laura. Bei einer Immobilie mit dem Wert von Indigo Place Nummer 22 war das ein nicht unbedeutender Posten.

»Oh, das hat alles Mr Paden übernommen«, erklärte Mrs Hightower mit einem erleichterten Lächeln. »Das wurde im Vertrag so vereinbart.«

Laura war sprachlos. Sie blickte zu James, der wie schuldbewusst auf seine Schuhe starrte. »Diese Klausel muss ich übersehen haben«, murmelte sie.

Sie stand die restlichen Formalitäten durch. Als endlich alles abgeschlossen war und sie gehen durfte, wandte sie sich an James.

»Darf ich kurz unter vier Augen mit dir reden?«, fragte sie ihn so, dass niemand anderes es bemerkte.

Er lächelte. »Klar, Baby. Ich wollte dich gerade um dasselbe bitten.«

Da nun keine neugierigen Blicke hinter Schreibmaschinen hervor mehr zu beachten waren, gestattete Laura ihm, dass er sie am Unterarm fasste und auf den Gehsteig hinausgeleitete.

»Wie wär's mit einem gemeinsamen Mittagessen?«, schlug er vor, sobald sie das Gebäude hinter sich gelassen hatten.

»Ich brauche deine Mildtätigkeit nicht«, zischte sie. Sie lächelte dazu für den Fall, dass sie von irgendwelchen Leuten beobachtet wurden, die ihre Nase gern in die Angelegenheiten anderer steckten, doch ihre Worte waren scharf genug, um für ihn unmissverständlich zu sein.

Er lehnte sich an die Backsteinwand des Gebäudes.

»Ich glaube kaum, dass es als Mildtätigkeit verstanden wird, wenn ich dich zum Essen einlade.«

»Komm mir bloß nicht so!« Laura war fuchsteufelswild; sie spürte, wie sich ihr Gesicht verräterisch rot färbte, und hoffte nur, dass es niemand bemerkte.

»Ich rede natürlich von dem Geld, das du für mich bezahlt hast. Mrs Hightowers Provision sollte vom Verkaufspreis abgezogen werden. Außerdem sollte ich ...«

»Ich hatte das Gefühl, dass ich dir das schuldig bin.«

»Du schuldest mir überhaupt nichts!«

»Ich habe dich dazu genötigt, mir das Haus zu verkaufen. Das wollte ich wiedergutmachen.«

»Tu du mir keinen Gefallen! Das war ein Geschäft, weiter nichts. Wie du neulich so fein hervorgehoben hast, hatte ich keine andere Wahl als zu verkaufen. Aber der Teufel soll mich holen, ehe ich einen Bonus von dir annehme!«

»Es ist verbrieft und besiegelt, Laura. Du hast bereits den Scheck entgegengenommen. Ich würde vorschlagen, dass du in Zukunft Verträge sorgfältiger durchliest.«

»Ich würde vorschlagen, du gehst zur Hölle!« Sie machte auf den Fersen ihrer marineblauen Pumps kehrt und stolzierte davon.

»Heißt das, unser gemeinsames Mittagessen ist abgeblasen?«

Dieser Mann war einfach unausstehlich.

Kochend vor Wut kam sie zu Hause an. Sie zog sich aus und schleuderte ihre Sachen beiseite, als seien sie verseucht. *Mittagessen!* Wie konnte er es wagen, sich auch noch höflich zu geben!

Sobald sie sich etwas beruhigt hatte, rief sie ihren Anwalt an und teilte ihm mit, sie habe den Scheck erhalten, er könne nun hinterlegt werden.

»Gut, das wäre ein Anfang«, meinte er mit einem merklichen Mangel an Enthusiasmus.

»Ein Anfang? Ich dachte, das sei die Antwort auf unsere Gebete.«

»Es wird sicher reichen, um die Hypotheken abzuzahlen, mit denen Ihr Vater das Anwesen belastet hat, aber nicht für alles andere.« Er las ihr eine Liste mit Zahlen vor.

»Okay, okay«, entgegnete Laura bedrückt, als er endlich damit fertig war. »Wahrscheinlich habe ich das Ausmaß meiner Schulden nicht ganz wahrhaben wollen. Aber das Haus ist alles, was ich habe. Über andere Mittel verfüge ich nicht.«

»Sie haben die Einrichtung«, erinnerte er sie ruhig.

»Aber die gehört mir«, protestierte sie. »Das sind alles Erbstücke!«

»Von unschätzbarem Wert, Laura.« Er ließ ihr einen Augenblick Zeit zum Nachdenken. »Davon abgesehen, was wollen Sie mit den Sachen anfangen? Wo wollen Sie sie hinstellen?«

Er hatte recht. Sie hatte sich an mehreren Privatschulen im Süden für eine Stelle als Lehrerin beworben. Eine andere berufliche Qualifizierung besaß sie nicht, und der Gedanke, in einer Schule nur für Mädchen zu unterrichten, sagte ihr zu. Aber das Einkommen aus einem solchen Job würde nicht ausreichen, um ein Haus zu mieten, in dem sie all die Möbel unterbringen konnte, die die zahlreichen Räume von Indigo Place füllten. Und ein Platz zum Unterstellen würde nur weitere Kosten verursachen, was sie sich nicht leisten konnte.

»Da haben Sie vermutlich recht«, lenkte sie ein. Das Haus hatte sie ohnehin verloren. Warum also nicht auch die Möbel? Tränen drohten sie zu überwältigen, doch Laura hielt sie hartnäckig zurück.

»Wie soll ich vorgehen, um die Stücke zu verkaufen?«

»Überlassen Sie das einfach mir.«

»Ich möchte aber nicht, dass es die ganze Stadt erfährt.«

»Ich verstehe. Ich schlage eine diskrete Auktion außerhalb von Gregory vor. Womöglich in Atlanta. Oder in Savannah – das ist allerdings vielleicht ein bisschen zu nahe.«

»Atlanta. Und in einem angemessenen Rahmen, bitte.« Für einen kurzen Moment hatte sie eine albtraumhafte Vorstellung von einem Auktionator, der auftrat wie ein Marktschreier auf einem Volksfest und brüllte: »Wie viel bekomme ich für dieses Sheraton-Sideboard?«

Der Anwalt versicherte ihr, er werde sich in ihrem Sinne um alles kümmern. Schließlich erinnerte er sie noch einmal daran, dass sie nur dreißig Tage Zeit habe, das Haus zu räumen, und legte auf.

An diesem Abend weinte sich Laura in den Schlaf.

Als sie früh am nächsten Morgen aufwachte, dachte

sie, das Hämmern in ihrem Kopf sei eine Folge ihres Weinens und der Schlaflosigkeit. Doch dann merkte sie, dass es echte Hammerschläge waren – Hammerschläge auf den Kopf eines Nagels.

Sie schlug die Bettdecke zurück, trat ans Fenster und öffnete den Vorhang – und im nächsten Augenblick fiel ihr die Kinnlade herunter. Draußen arbeitete James Paden mit einem Hammer an der Gartenlaube, die ihr Vater zu ihrem zwölften Geburtstag für sie hatte bauen lassen.

Sie wirbelte herum, rannte aus ihrem Zimmer und die Treppe hinunter. Es war noch früh, die Räume im Haus waren noch halb dunkel und kühl. Im nächsten Augenblick war sie bereits an der Tür zur hinteren Veranda und öffnete sie.

»Was zum Teufel machst du denn da?«, schrie sie und trat auf die mit Steinplatten geflieste Veranda hinaus.

James ließ den Hammer sinken und drehte sich mit einem Lächeln zu ihr um.«Guten Morgen. Hat dich das Hämmern aufgeweckt?«

»Was machst du hier?«, wiederholte sie schroff.

»Ich schütze meine Investition«, antwortete er in aller Ruhe. Er legte den Hammer auf den Boden, kam auf die Terrasse zu und wischte sich dabei mit dem Ärmel den Schweiß von der Stirn. »Heute wird es ein richtig heißer Tag.«

»Mr Paden«, knurrte sie, »ich will wissen, warum Sie um diese frühe Tageszeit hier sind und einen solch Höllenlärm veranstalten. Ich dachte, ich hätte dreißig Tage, um auszuziehen.« Dreißig Tage Frieden. Dreißig Tage ohne ihn sehen zu müssen. Sie hatte gehofft, ihn überhaupt nie mehr zu Gesicht zu bekommen.

»Das ist richtig, aber in der Zwischenzeit habe ich vor, schon ein paar erste Reparaturen um das Haus herum in

Angriff zu nehmen. Es gibt hier einiges zu tun. Ich möchte nicht, dass das ganze Anwesen noch weiter herunterkommt, als es schon der Fall ist.«

Es erleichterte sie, dass er offenbar nicht vorhatte, die hübsche Gartenlaube abzureißen, doch seine Kritik traf sie hart. Sicher, es mussten schon seit Längerem einige Latten erneuert werden, und sie hatte nicht das Geld gehabt, um es machen zu lassen – und zwar ordentlich machen zu lassen. Aber sie war nicht vorsätzlich nachlässig gewesen.

»Du kannst doch hier nichts reparieren, solange ich noch im Haus wohne«, erklärte sie halsstarrig.

Er stellte einen Fuß auf das Mäuerchen, das die Terrasse umgab, stützte einen Arm auf seinen Schenkel und beugte sich nach vorn.

»Wer sagt denn, dass ich das nicht kann?«, fragte er sie einschmeichelnd. »Das Anwesen gehört doch schließlich mir.«

Laura seufzte heftig. Er hatte recht, auch wenn es ihr nicht passte. Sie konnte ihm nicht einfach befehlen zu gehen. Und da von dem zur Versteigerung kommenden Mobiliar erst noch eine Bestandsaufnahme gemacht werden musste, konnte sie auch keine Vorkehrungen treffen, bereits vor dem Ende der ihr zugestandenen Frist auszuziehen.

Sie kniff die Lippen zusammen. Dass sie sich so unterordnen musste, gefiel ihr absolut nicht, und noch weniger, dass James sich dessen voll bewusst war und diesen Umstand ausnutzte.

»Ich denke, dann habe ich hierzu nichts mehr zu sagen, außer, dass ich es rücksichtslos finde.«

»Mir hat noch nie jemand nachgesagt, dass ich rücksichtsvoll sei.«

»Lass es mich bitte rechtzeitig wissen, wenn du ins

Haus musst«, sagte sie hochmütig. »Ich möchte nämlich nicht, dass du mich überrumpelst.«

»Warum? Hast du Angst, dass du nichts anderes an dir hast als ein Nachthemdchen und ein bisschen Röte im Gesicht?«

Sie blickte an sich hinab und gab einen schrillen Laut von sich. Er hatte sie treffend beschrieben – sie war aus dem Schlafzimmer gestürzt, ohne daran zu denken, einen Morgenmantel überzuziehen. Ihre nackten Füße flogen praktisch über den Boden, als sie sich hastig durch die Hintertür ins Haus zurückzog.

Sein tiefes, raues Lachen folgte ihr.

4

Wenn er schon um ihr – oder vielmehr sein – Haus herumscharwenzeln musste, dann könnte er wenigstens ein Hemd anziehen, dachte Laura übelgelaunt, als er zum Küchenfenster hereinschaute, während sie Frühstück machte.

Es war der zweite Tag, an dem sie aufgewacht war, und James Paden, diesen Schänder ihres guten Leumunds und vortrefflichen Krachmacher, bereits schwer arbeitend in Indigo Place vorfand. An diesem Morgen beschäftigte er sich mit dem Anlegesteg, der in den Sund hinausragte.

Gut, er kümmerte sich um Dinge, bei denen ihr keine andere Wahl geblieben war, als sie geflissentlich zu übersehen. Aber sie ärgerte sich sowohl darüber, dass er Geld genug hatte, die Reparaturen bezahlen zu können, als auch darüber, dass das Haus ihm gehörte. Was ihm das Recht gab, auf dem Grund herumzustolzieren und dabei auszusehen, wie es ihm gerade passte.

Und im Augenblick sah er heiß und verschwitzt aus, und verdammt attraktiv, wie er sicheren Schritts über die Veranda und genau auf jene Tür zukam, durch die sie verstohlen lugte. Laura begab sich außer Sichtweite und zählte bis zehn, ehe sie auf sein Klopfen hin öffnete.

»Hallo.«

»Hallo.« Ihr Gruß klang um einiges weniger gutgelaunt als der seine.

Heute hatte sie sich die Zeit genommen, sich anzuziehen, bevor sie nach unten gekommen war, denn sie wollte nicht noch einmal im Nachthemd erwischt werden. Ihre Jeans war alt, das Hemd weit und ohne Form. Die Haare hatte sie mit einem Tuch hochgebunden.

»Gut geschlafen?« Sein Lächeln war so freundlich wie sein Ton höflich. Nur seine Augen verrieten den einsamen Wolf. Kühn und ungeniert glitten sie von oben bis unten über ihren Körper.

»Ja, danke. Brauchst du etwas?«

»Ja, ein Glas Wasser mit Eis, bitte. Ich wollte eine Thermosflasche mitbringen, aber ich habe sie vergessen.«

Ohne allzu freundlich zu sein, gab sie ihm, worum er gebeten hatte.

»Danke. Irgendetwas riecht hier ganz köstlich«, bemerkte er, als er das Glas entgegennahm. Er trank in großen Zügen.

»Speck. Ich glaube, er verbrennt.« Sie eilte an den Herd, schaltete ihn aus und nahm den knusprigen Speck aus der Pfanne.

»Ich habe heute Morgen keine Zeit zum Essen gehabt«, sagte James etwas wehmütig von der Tür her. Laura knirschte mit den Zähnen – er legte es schon wieder auf eine Einladung an! »Muss wohl später in die Stadt fahren und mir ein paar Donuts kaufen. Aber wahrscheinlich sind sie nicht mehr frisch, bis ich hinkomme. Die fangen um vier Uhr mit dem Backen an.«

»Oh, bitte.« Sie drehte sich mit einem Aufseufzen zu ihm um. »Wie möchtest du deine Eier haben?«

Er grinste breit und zog das Hemd über, das er in seiner Hand hielt.

»Ich dachte schon, du würdest mich nie fragen. Und Eier esse ich auf jede Art, auf die du sie zu machen beliebst.«

»Im Kühlschrank ist Orangensaft. Bediene dich.«

Ihre Hände zitterten, als sie noch ein paar Eier in die Schüssel schlug. Ein Stückchen Schale fiel hinein; sie musste das winzige, schlüpfrige Ding mit einer Fingerspitze herausholen. Gnadenlos schlug sie die Eier zu Schaum und reagierte ihre Anspannung an ihnen ab.

Wenigstens hatte er sein Hemd angezogen. Vor einer Weile hatte sie ihn von ihrem Versteck hinter dem Küchenvorhang aus beobachtet, wie er sich mit seinem braun gebrannten Oberkörper über die Bretter beugte, mit denen er den Steg reparierte. Bei jeder seiner Bewegungen hatten auf seinem bronzefarbenen Rücken geschmeidige Muskeln gespielt.

Jetzt erst bemerkte sie, dass er das Hemd kaum zugeknöpft hatte. Der Anblick seiner Brust ließ ihr noch mehr das Wasser im Mund zusammenlaufen als die verlockenden Frühstücksdüfte. Er regte ihre Fantasie an – starke Muskeln und viel weiches, braun gekräuseltes Haar, in dem die Finger einer Frau spielen konnten.

Wahrscheinlich trug er die alte, weiche Jeans nur, um sie zu reizen, dachte Laura. Sie war mit Fett und Farbe verschmiert und stellenweise arg abgetragen, und sie lag fast unanständig eng an. Sein Nabel war über dem tief auf den Hüften sitzenden Hosenbund gut sichtbar.

»Magst du sie gern fest?«

Laura ließ den Pfannenwender fallen. »Was?«

»Die Rühreier. Ich mag sie nicht zu weich.«

»Ach so, ja, fest. Fest ist okay.«

Ohne dass sie ihn darum bitten musste, reichte er ihr zwei Teller, und Laura füllte sie mit den heißen Eiern, die sie geistesabwesend in der Pfanne zusammengerührt hatte.

Schließlich stand alles auf dem Tisch, und der Kaffee war eingeschenkt; sie setzten sich und begannen zu essen.

»Das schmeckt gut«, sagte James, ohne das Kauen zu unterbrechen.

»Danke. Ich hatte mir angewöhnt, das Frühstück für meinen Vater jeden Morgen selbst zu machen, bevor Gladys zur Arbeit kam.«

»Auch noch für jemand anderen?«, wollte er wissen. Laura blickte ihn fragend an. »Hast du auch für einen anderen Mann Frühstück gemacht?« Er nahm einen Schluck Kaffee.

»Mein Privatleben hat Sie nicht zu interessieren, Mr Paden, das habe ich schon mehrmals deutlich gemacht.«

»Du kochst gut. Du siehst gut aus.« Er taxierte sie mit einem unverfrorenen Blick. »Du würdest eine gute Ehefrau abgeben.«

»Danke.«

»Warum hast du nie geheiratet?«

»Warum du nicht?«

»Wer sagt denn, dass ich nicht geheiratet habe?«

Sie blickte rasch zu ihm auf. »Bist du verheiratet?«

»Nein.«

Laura versuchte, ihre Erleichterung nicht zu zeigen. Weshalb sie sich für seinen Familienstand interessieren sollte, konnte sie sich nicht vorstellen, abgesehen davon, dass sie es entsetzlich gefunden hatte, einen verheirateten Mann geküsst zu haben. Natürlich hatte er sie geküsst, nicht umgekehrt. Aber dennoch – so schwer es war, sich das einzugestehen – gefiel ihr der Gedanke, dass er Single war.

»Aber wir reden nicht über mich. Wir reden über dich«, sagte er. »Erzähl mir, wieso ein hübsches Mädchen wie du nie geheiratet hat.«

»Ich bin eine Frau«, erklärte sie steif. »Und ich wollte nicht heiraten.«

»Hmmm. Du wolltest nichts anbrennen lassen.«

»So in etwa«, erwiderte sie abweisend. »Noch einen Toast?«

»Verzeih mir, aber für mich bist du nicht das typische Partymädchen.«

»Frau«, wiederholte sie und hob das Wort besonders hervor. »Und können wir bitte über etwas anderes reden als mein Liebesleben?«

»Klar«, meinte er mit einem sarkastischen Lächeln. »Willst du über meines reden?«

»Nein!«

Er lachte über ihre nachdrückliche Antwort. Um ihren Ärger zu verbergen, trug sie die leeren Teller zum Spülbecken.

»Wenn du mich dann entschuldigen würdest«, sagte sie, »ich habe viel zu tun.«

»Warum nimmst du dir nicht einfach heute frei?«

»Freinehmen?« Er stellte sich neben sie an das Spülbecken, und sie blickte ungläubig zu ihm hoch. »Das kann ich nicht. Ich muss tausend Dinge erledigen.«

»Warum kommst du nicht mit mir raus an den Steg und leistest mir ein wenig Gesellschaft?«

Er steckte eine Strähne ihres Haars in das Tuch zurück und ließ seinen Finger über ihre Wange gleiten.

»Ich soll den ganzen Tag auf den heißen Brettern sitzen und dir bei der Arbeit zusehen? Nein, danke.«

»Du kannst sonnenbaden. Und damit ich auch etwas davon habe, schaue ich dir beim Sonnenbaden zu.«

Seine Fingerspitze spielte mit ihrem Ohrläppchen.

»Das glaube ich nicht.«

»Oder du könntest schwimmen. Und wenn ich fertig bin, komme ich auch ins Wasser. Klingt das nicht gut?«

Es klang gefährlich. Jede Frau, die auch nur einen Funken Verstand besaß, trug in seiner Gegenwart besser eine Rüstung als einen Badeanzug.

»Ich sagte doch, dass ich zu tun habe. Hast du vor, in den kommenden dreißig Tagen die Nervensäge zu spielen?«

»Neunundzwanzig.«

Sie schüttelte seine Hand ab und wandte sich um, verärgert über seine grausame Erinnerung daran, dass sie ihr Heim in weniger als einem Monat für immer würde verlassen müssen.

»Hey, tut mir leid«, sagte er und drehte sie zu sich. »Das hätte ich nicht sagen sollen. Es war nicht nett.«

Sie ließ deprimiert die Schultern hängen und gab ihre kämpferische Haltung auf. »Du kannst es ruhig sagen. Es führt ohnehin kein Weg daran vorbei.«

Einen Moment lang schauten sie einander in die Augen. Dann wanderte sein Blick über ihre Stirn. »Warum trägst du das Tuch? Was für eine Arbeit musst du heute machen?«

»Ich muss eine Bestandsliste des Mobiliars anfertigen, für die Auktion.«

»Auktion?«

Sie nickte stumm.

»Alles?«

»Fast alles. Vielleicht behalte ich ein paar von meinen Lieblingsstücken, aber ich werde so viel wie möglich verkaufen.«

Er murmelte etwas Unverständliches und wandte sich ab. Laura meinte, den Namen ihres Vaters und ein obszönes Wort gehört zu haben, doch den Zusammenhang verstand sie nicht.

James ging aus der Küche. Laura folgte ihm verwirrt ins Esszimmer und in den Eingangsbereich, wo er stehen blieb und ins Wohnzimmer blickte. Die Hände in die Hüften gestemmt, stand er da und nagte an seiner Unterlippe.

»Hör mal«, sagte er schließlich und drehte sich abrupt

zu ihr um, »warum verkaufst du nicht einfach alles mir, anstatt es zu versteigern?«

»Ich …« Sie suchte einen Augenblick lang nach Worten. »Du hast mich nie wegen der Möbel gefragt.«

»Dann frage ich dich jetzt. Ich hätte schon früher daran denken sollen. Wo könnte ich sonst Möbel finden, die besser zum Haus passen als die, die bereits da sind? Selbst wenn, würde das einen Heidenaufwand an Zeit und viele Umstände bedeuten. Und am Ende hätte ich trotzdem nur zweite Wahl.«

»Das stimmt schon, aber …«

»Ich würde dir einen fairen Betrag zahlen. Wenn du willst, können wir die Preise auch einzeln aushandeln.«

Laura wusste von ihrem Anwalt, dass sie mehr Geld herausschlagen konnte, wenn sie die Möbel Stück für Stück verkaufte, anstatt sie insgesamt an einen einzigen Käufer zu veräußern.

»Also gut«, beschloss sie spontan. Sicher würde sie ein besseres Gefühl haben, wenn sie wusste, dass in Indigo Place alles blieb, wie es war, selbst wenn sie dort nicht mehr wohnte.

»Gut.« Er rieb sich energisch die Hände. »Wo fangen wir an?«

»Du meinst, jetzt sofort?«

»Warum nicht? Das wolltest du doch ohnehin heute machen, oder nicht?«

»Ja, aber …« Eine umfassende Inventarliste samt Preisen aufzustellen, würde Stunden dauern, Tage. Der Gedanke, so viel Zeit mit James Paden zu verbringen, war ihr unangenehm. »Und was ist mit dem Bootsanleger?«

»Den kann ich später reparieren.«

»Du brauchst dir mit der Inventarliste keine Arbeit zu machen«, sagte sie, einem plötzlichen Einfall folgend. »Ich mache sie und lege die Preise fest, die ich für angemessen halte. Du kannst dir die Liste ansehen, wenn ich damit fertig bin. Wenn wir verhandeln müssen, können wir das anschließend machen.«

Er steckte die Daumen in die Gürtelschlaufen und betrachtete sie langsam von oben bis unten.

»Wie soll ich wissen, ob ich dir vertrauen kann?«

»Was?«

»Ich bin nicht dadurch reich geworden, dass ich die Katze im Sack gekauft habe.«

»Die Katze …«

»Nein«, erwiderte er leichthin, ihren Zorn ignorierend, »ich fände es einfach viel besser, wenn wir die Liste zusammen machen würden.«

»Du zweifelst an meiner Ehrlichkeit?«, fragte sie ungläubig. »Du warst es doch, der beim Klauen der Plätzchen in der Schul-Cafeteria erwischt wurde, nicht ich!«

»Das weißt du noch?«

»Aber sicher.«

»Ich habe sie nicht geklaut. Die zuständige Frau hat sie mir zugesteckt. Sie wollte es nur später nicht zugeben.«

»Das glaube ich dir nicht.«

Er lächelte träge. »Du würdest es mir glauben, wenn du wüsstest, was sie dafür von mir gekriegt hat.«

Das überzeugte Laura. Ihre Wangen wurden glühend rot.

Um wieder auf das Thema zurückzukommen, erklärte sie: »Ich bin absolut ehrlich.«

»Dann wird es dir ja wohl nichts ausmachen, wenn ich dir beim Erstellen der Liste über die Schulter schaue.«

Sie atmete tief durch und stieß in einem Anfall von Ärger heftig die Luft aus.

»Ich hole einen Block und zwei Stifte!«, erklärte sie und stapfte auf den Queen-Anne-Sekretär im Wohnzimmer zu.

»Machen wir keine Mittagspause?« Laura legte den Block beiseite und blickte ihren »Assistenten« streng an.

»Du hast doch gefrühstückt.«

»Ja, vor ungefähr fünf Stunden. Ich habe Hunger!«

Er blickte auf ihren Mund. Beunruhigt sorgte sie für einen sicheren Abstand zwischen ihnen. Auch sie spürte ein nagendes Gefühl im Magen, das allerdings nichts mit Hunger im gewöhnlichen Wortsinn zu tun hatte.

Sie hatten im Esszimmer mit der Inventur begonnen und zuerst die Möbelstücke aufgelistet, dann das gesamte Porzellan und die Silberbestecke.

Das Ganze erwies sich als eine Arbeit, die viel Sorgfalt und Zeit beanspruchte und durch James' Vorliebe für Späße und gemütliche Konversation in die Länge gezogen wurde. Er begann ein übermäßiges Interesse daran zu zeigen, was in ihrem Leben alles geschehen war, seit er sie vor über zehn Jahren zum letzten Mal gesehen hatte.

»Ich brauche etwas, um mich über Wasser zu halten«, meinte er etwas wehleidig.

»Was hättest du denn gern?« Als sie zu ihm aufschaute, wünschte sie sich, nicht gefragt zu haben. Seiner Miene nach war etwas zu essen nur eine der Optionen, die er im Sinn hatte.

»Meinst du, was wir essen sollten?«

»Natürlich.«

»Machen wir ein Picknick.«

»Ein Picknick?«

»Du bleibst hier.« Er stand von dem Stuhl auf, auf dem er verkehrt herum, das Kinn auf die Lehne gelegt, gesessen hatte. »Ich hole uns etwas aus der Stadt.«

»Traust du mir denn auf einmal?«, fragte sie mit einem possenhaft unschuldigen Augenaufschlag.

»Ungefähr so sehr, wie du mir traust«, erwiderte er

über die Schulter und schlenderte hinaus. Laura schnitt eine Grimasse hinter ihm, die er jedoch nicht sah.

Eine Weile später kam er mit einem Plastiktablett voller Obst, Käse, diversen Crackern und zwei großen Gläsern Eistee zurück, stellte es vor dem Fenster auf dem Boden ab und setzte sich daneben. »Komm, essen wir.«

»Du hast das wirklich ernst gemeint, als du Picknick sagtest, nicht wahr?«

»Klar. Nur noch besser. Ohne Ameisen.«

»Mutter, Vater und ich haben an den Sonntagnachmittagen im Sommer oft Picknick gemacht«, sagte sie nachdenklich, während sie sich zu ihm setzte und ans Fensterbrett lehnte.

Er bestrich einen Cracker mit Käse und reichte ihn ihr. »Bei den Padens gab es kein Picknick am Sonntag.« Seine Bemerkung klang nicht verbittert. »Ich denke, ich hole alle nach, die ich als Kind nicht gemacht habe.«

Sie knabberte an ihrem Cracker und bedauerte, so gedankenlos ihre Familie erwähnt zu haben. Vergleiche ihrer unterschiedlichen Herkunft konnten nicht ausbleiben. Laura wusste sehr wohl, dass sie ein Kind reicher Eltern war.

Eigentlich erschien es ihr wie ein Wunder, dass James sie nicht hasste. Oder doch? War das etwa der Grund dafür, dass er Indigo Place haben wollte? Wusste er, dass der Verkauf ihres Elternhauses für sie den größten Verlust bedeutete? Bestrafte er sie, weil sie für diejenigen stand, die ihn früher ausgeschlossen hatten?

»Deine Mutter freut sich sicher, dass du jetzt mit ihr zusammen Picknicks machen kannst.« Laura beobachtete ihn verstohlen. Seine Miene verhärtete sich.

»Nicht, dass ich wüsste.«

»Hast du sie denn nicht besucht?«

»Nein.« – »Überhaupt nicht?« – »Nein.«

»Sie weiß nicht einmal, dass du wieder in Gregory bist?«

Er zuckte die Achseln.

»Vielleicht hat sie es irgendwie mitbekommen.«

Es schockierte und enttäuschte Laura, dass er keinen Kontakt zu seiner Mutter hatte.

Bei ihrer letzten Begegnung mit Mrs Paden war diese zwar besser gekleidet gewesen als all die Jahre zuvor, aber sie hatte so verdrossen, niedergeschlagen und verhärmt ausgesehen, wie Laura sie seit jeher gekannt hatte.

Wie konnte er sein einziges Familienmitglied ohne Gewissensbisse vernachlässigen?

Plötzlich nahm er Laura mit einem schnellen Griff das Tuch vom Kopf. Ihr von der Sonne gebleichtes Haar fiel auf die Schultern.

»Das ist besser.«

»Was machst du denn!?«, fragte sie gereizt.

»Warum hast du dir dieses Ding um den Kopf gebunden?«, konterte er.

»Ich wollte …«

»Du wolltest dich so unattraktiv wie möglich machen.«

»Das ist doch lächerlich! Wieso sollte ich denn das tun?«

»Damit ich nicht scharf auf dich werde.«

Laura klappte mit einem leisen Geräusch der Mund zu.

»Habe ich nicht recht?«

Er biss in eine frische Apfelscheibe. Einige Augenblicke verstrichen. Sie wusste absolut nicht, was sie sagen sollte.

»Hat es dir die Sprache verschlagen?«

»So etwas Lächerliches habe ich noch nie gehört.«

Er lachte leise und rau.

»Ich durchschaue dich, Miss Laura. Genau wie ich durch

dieses Nachthemdchen sehen konnte, das du gestern Morgen anhattest. Hast du vielleicht gehofft, ich würde vergessen, wie hinreißend du in diesem süßen Nichts und mit zerzausten Haaren aussiehst?«

»Ich wäre froh, wenn du es vergessen würdest.«

»Unwahrscheinlich. Ich werde mich lange daran erinnern, wie du morgens nach dem Aufstehen aussiehst.« Er blickte unverfroren auf ihre Brüste. »In allen Einzelheiten.«

»Das reicht.« Sie ließ ein Stück Cracker mit Käse auf das Tablett fallen.

Seine Hand war blitzschnell auf ihrem Unterarm, noch ehe sie aufstehen konnte. »Ich bin noch nicht fertig.«

»Ich will aber nichts mehr hören.«

»Wo willst du hin?«

»Weitermachen.«

»Bleib.«

»Ich will nicht.«

»Hast du Angst?«

»Was?«

»Du hast mich schon verstanden.«

»Natürlich habe ich keine Angst.«

»Früher schon. Bist du noch immer dieses schreckhafte Häschen von damals, Laura?«

»Ich weiß nicht, wovon du redest!«

»Hast du vor mir Angst? Oder vor Männern ganz allgemein?«

»Ich habe vor niemandem Angst. Und schon gar nicht vor dir.«

»Gut. Dann bleibst du so lange bei mir, bis ich mit dem Essen fertig bin«, erklärte er höflich.

Er ließ ihren Arm los, legte sich – einen Ellbogen auf den Boden und den Kopf in die Hand gestützt – auf die Seite und aß weiter, ohne die Augen von ihr abzuwenden. Sein Blick hielt Laura ebenso gefesselt wie zuvor der Griff seiner Hand. Sie wollte nicht ihr Gesicht verlieren, indem sie von ihm abrückte.

Nach außen strahlte sie kühle Gefasstheit und eine Spur von Arroganz aus, doch innerlich kochte sie vor Wut.

»Wieso glaubst du, dass ich Angst vor dir habe?«, wollte sie wissen – sie konnte die Frage einfach nicht zurückhalten.

»Es ist entweder das, oder du bist ein Snob.«

»Warum sagst du das?«

»Weil du stets davongelaufen bist, wenn du mich kommen sahst.«

»Du warst ein unangenehmer Zeitgenosse. Und wenn ich es recht bedenke, bist du es immer noch.«

Darüber lachte er nur lauthals.

»Verdammt, ich mag dich! Ich habe dich von Anfang an gemocht.«

»Du kanntest mich doch gar nicht.«

»Nein, aber das, was ich kannte, mochte ich. Die schüchterne, zimperliche kleine Laura Nolan fährt ihre Stacheln aus, wenn man es zu bunt mit ihr treibt.« Er legte die Hand auf ihren Arm und streichelte ihn mit den Fingerspitzen. »Ich habe mich ständig gefragt, wie weit ich bei dir gehen könnte.«

»Du hast es an dem Abend herausgefunden, an dem du mich mit dem Motorrad nach Hause brachtest. Als ich mich nicht von dir küssen lassen wollte, sagtest du, ich sei zu brav.«

Sein Blick konzentrierte sich auf ihre Mund.

»Das war damals. Und dies ist heute.« Er ließ seine Hand unter ihren Ärmel schlüpfen und streichelte die Beuge ihres Ellbogens. »Wie heiß wirst du, bevor du zu brennen beginnst?«

Laura entzog ihm ihren Arm und lief quer durch den

Raum, um aus seiner Reichweite zu kommen. Sie hatte nicht gewusst, wie empfindsam die Innenseite ihres Ellbogens war.

»Da wir gerade vom Brennen sprechen«, merkte sie albern an, »ich habe dich einmal im Fernsehen bei einem Autorennen gesehen. Du verlorst die Kontrolle über deinen Wagen, und er fing Feuer.«

Er grinste über ihren geschickten Themenwechsel, nahm jedoch nicht wirklich Notiz davon.

»Du musst schon ein bisschen genauer werden. Das ist öfter als einmal passiert.«

»Bist du nie verletzt worden?«

»Keine ernsthaften Verletzungen.«

»Hattest du nie Angst?«

»Nö.« Er schob sich noch einen Cracker in den Mund.

»Niemals?«

Er schüttelte den Kopf.

»Nervös, vielleicht. Aufgeregt. Aber wirkliche Angst hatte ich nie. Wenn es dir egal ist, ob du lebst oder stirbst, hast du nicht viel zu befürchten.«

Laura starrte ihn sprachlos an und versuchte zu erwägen, wie ernst er das meinte. Der Blick, mit dem er den ihren erwiderte, war felsenfest und aufrichtig. Er machte keinen Scherz. Er meinte, was er sagte.

»Das war dir wirklich egal?«

»Ein paar Jahre lang, ja.«

»Und jetzt nicht mehr?«

»Nein, jetzt nicht mehr.«

Er schien dies nicht ausführen zu wollen, deshalb fragte sie nicht weiter.

»So weit ich weiß, warst du ein sehr guter Rennfahrer. Es muss dir Spaß gemacht haben.«

»Ich habe es geliebt.« – »Wie ist es?« – »Wie Sex.«

Er grinste über ihre verblüffte Miene. Dann rollte er

sich auf den Rücken, verschränkte die Hände hinter dem Kopf und starrte an die Decke.

»Geballte Kraft lässt alles um dich herum vibrieren. Die Hitze. Die Schubkraft des Motors. Die arbeitenden Kolben. Die Reibung. Und dann kommt dieser Moment, dieser Augenblick, in dem du alles geben musst, was du hast. Du fragst dich nicht, was auf der anderen Seite der Ziellinie ist; aber du riskierst in diesem Augenblick alles, um dorthin zu gelangen. Du gibst Vollgas und lässt es raus. Du hast keine Wahl. Das ist wie ein Orgasmus.«

Als er zu sprechen aufhörte, war die Stille greifbar. Langsam drehte er den Kopf und blickte direkt zu Laura auf.

Ihre Augen waren glasig; sie war von seiner Erzählung und vom rauen Flüstern seiner Stimme in den Bann geschlagen.

Mit einer langsamen Bewegung legte er eine Hand auf ihren Schenkel und drückte sie leicht zusammen.

»Weißt du, was ich meine?«

»Ich denke schon.«

Er setzte sich auf.

Er war ihr nahe. Seine verschleierten grünen Augen lockten sie, sodass sie darin zu ertrinken drohte.

Sie fühlte sich versucht. Die Attraktivität, die James Paden als Jugendlicher ausgestrahlt hatte, war nichts im Vergleich zu der Anziehungskraft, die er nun besaß. Als Mädchen im Schulalter hatte Laura die Verlockung gespürt, aber nicht erkannt, was sich dahinter verbarg. Jetzt wusste sie es. Es war Lust.

Diese Aura von Gefahr, die ihn umgab, und seine verdrossene Miene versprachen einer Frau unbekannte Freuden, wenn sie nur tapfer genug war, für die Konsequenzen einzustehen.

Denn die Strafen für eine derartige Verwegenheit waren hoch. Laura kannte zahllose Mädchen, die jahrelang versucht hatten, den schlechten Ruf wieder loszuwerden, den sie sich mit Hilfe von James Paden eingehandelt hatten. War sie übergeschnappt? Warum saß sie hier und redete mit einem solchen Mann über Dinge wie einen sexuellen Höhepunkt?

Gewaltsam schüttelte sie den Bann ab und stand auf.

»Ich denke, wir sollten uns wieder an die Arbeit machen.«

Er folgte ihrem Beispiel und umfasste mit seinen kräftigen Fingern ihre Handgelenke.

»Bist du sicher? Du weißt doch, was man über zu viel Arbeit und kein Vergnügen sagt.« Seine Lippen strichen flüchtig über ihre Wange. »Ich würde mich gern mit dir vergnügen.«

Laura entzog sich seinem Griff.

»Ich dachte, du wolltest arbeiten. Wenn das nicht deine Absicht ist, dann geh. Ich habe zu tun.«

Sie wandte sich von ihm ab, doch das verräterische Grinsen in seinem Gesicht entging ihr nicht. James Paden war weit davon entfernt, entmutigt zu sein; er war lediglich amüsiert.

Sie brauchten drei Tage für die Inventur, drei Tage, in denen sie fast unablässig zusammen waren. Am Morgen nach ihrem Picknick kam er mit Einkaufstüten voller Lebensmittel an und erklärte gegen Lauras vehementen Protest, wenn er schon Mahlzeiten mit ihr einnehme, dann werde er auch etwas dazu beisteuern.

Laura gefiel es nicht, irgendetwas mit ihm zu teilen – weder Zeit noch Nahrung noch Raum. Doch sie hatte nichts zu melden, weder dabei noch bei seinen häufigen Berührungen.

Immer wieder fand er einen Vorwand, weshalb er seine Hände auf ihr haben musste. Kein Mensch und schon gar keiner, der so wendig und beweglich war wie er, konnte derart unbeholfen sein. Oft stolperte er einfach wie ein schlechter Komiker, und um nicht hinzufallen, musste er sich dann an ihr festhalten.

Und Laura wusste genau, dass es nicht seine guten Manieren waren, die es ihm geboten, ihr die Treppe hinunter oder durch eine Tür oder um ein Möbelstück herum zu helfen, aber er tat ständig solche Dinge. Das meiste Kopfzerbrechen bereitete ihr dabei allerdings, dass sie diese Umgangsformen immer mehr zu schätzen lernte.

Sie begann in diesen drei Tagen, ihn mehr zu mögen, als sie sich je hätte vorstellen können. Er war ein äußerst unterhaltsamer Gesprächspartner und ein noch besserer Zuhörer. Er ermutigte sie, ihm die Geschichten über Indigo Place zu erzählen, die sie als Kind von ihrer Großmutter zu hören bekommen hatte. Zu Lauras Überraschung interessierte er sich wirklich für die Vergangenheit des Hauses. Sie entdeckte ferner, dass er einen feinen, wenn auch gelegentlich sarkastischen Humor sowie ein großes Einfühlungsvermögen besaß.

Bei der Bestandsaufnahme des großen Schlafzimmers stießen sie auf zahlreiche in Silber gerahmte Bilder verschiedener Generationen der Nolans. Laura notierte die Rahmen penibel auf ihrem Block.

Augenblicke später nahm James ihn ihr ab und strich ihre letzten Eintragungen durch.

»Was machst du da?«, fragte sie, als er ihr den Block wortlos wieder zurückgab.

»Diese Bilder bedeuten dir sehr viel, richtig?«

»Ich kann sie aus den Rahmen herausnehmen.«

»Aber die Rahmen wurden extra für diese Bilder gemacht. Behalte sie. Ein Geschenk von mir«, fügte er rasch hinzu, als sie protestieren wollte.

»Dankeschön.«

»Bitteschön.«

Er nahm eines der Bilder zur Hand.

»Wer ist das?«

»Meine Großeltern väterlicherseits. Franklin und Maydell Nolan.« In ihr keimte ein sehr zartes Gefühl für ihn auf, als er das alte Foto nachdenklich betrachtete. »James, neulich hast du zu mir gesagt, du weißt nicht einmal den Namen deines Großvaters. Ist das wahr?«

Er legte den Rahmen beiseite und nahm ein anderes Bild zur Hand.

»Nicht auf der väterlichen Seite, nein. Er war ein Bastard ... nicht nur im wörtlichen Sinn. Paden war der Mädchenname meiner Großmutter. Sie starb, als er noch ein Kind war, irgendwann in der Zeit der Depression. Das ist alles, was ich weiß.«

Laura wusste nicht, wie sie ihm ihr Mitgefühl ausdrücken konnte, ohne in Banalitäten abzugleiten, deshalb blieb sie stumm. Er nahm wieder ein anderes Bild zur Hand und betrachtete es lächelnd.

»Bist du das?«

Sie beugte sich über seinen Arm, um es besser zu sehen.

»Das da bin ich. Dürr und zahnlos. Mein Opa hatte gerade eine große Schaukel an der großen Lebenseiche für mich aufgehängt.«

»Ist das die, die da immer noch hängt?«

»Ja. Mutter rannte ins Haus zurück, um den Fotoapparat zu holen. Ich bin froh, dass sie so vorausschauend war, uns zusammen aufzunehmen. Ich glaube, das ist das einzige ... was ist los?«, fragte sie plötzlich, als sie zufällig zu ihm aufschaute. Er musterte sie genau.

»Ich dachte gerade, was du für ein hübsches Kleinkind warst.«

»Ich sehe doch schrecklich aus! Sieh dir bloß diese Zöpfe an.« Sie zeigte lachend auf das Foto. »Meine Knie waren so unförmig, und ich hatte sie ständig aufgeschlagen.«

Er studierte das Bild noch einmal und lachte.

»Wenn man es genau nimmt, dann warst du schon ziemlich dürr. Aber ich schätze, ich mag einfach kleine Mädchen, ganz egal, wie sie aussehen.«

»Und große auch.«

Ihre Brüste ruhten auf seinem muskulösen Arm. Er blickte auf sie und dann in Lauras Augen.

»Ja. Große auch.«

Laura lehnte sich zurück und errötete schamhaft.

»Wenn wir in diesem Zimmer alles aufgelistet haben, sind wir fertig.«

Sie brauchten eine Stunde, bis die ermüdende Arbeit endlich getan war. Dann führte Laura ihn nach unten.

»Wenn es dir nichts ausmacht«, sagte er, »werfe ich noch einen Blick auf den Steg, bevor ich für heute gehe. Ich möchte nachsehen, wie viel Holz ich noch brauche.«

»In Ordnung. Ich rechne in der Zwischenzeit die Preise zusammen.« Sie zeigte auf den Block mit der langen Inventarliste. »Ich möchte diese Geschichte so schnell wie möglich zu Ende bringen.«

»Wenn du mir heute Nachmittag eine Rechnung geben kannst, bringe ich dir morgen einen Scheck mit.«

Laura ging ins Arbeitszimmer ihres Vaters und addierte die Preisliste mehrmals zusammen, bis die Endsumme fehlerlos feststand. Es war ein beachtlicher Betrag; das Geld würde sicher reichen, um die Schulden zu begleichen, und womöglich, so hoffte sie zumindest, würde sogar etwas übrig bleiben – falls James sie nicht allzu sehr herunterhandelte.

Er kam vom Steg zurück, und sie hielt ihm nervös den Papierstreifen aus der Rechenmaschine hin.

Von der Veranda aus hatte sie ihn über das Grundstück kommen gesehen und sich auf ein hartes Feilschen gefasst gemacht. Doch es blieb aus. Er würdigte den Papierstreifen, den sie so gewissenhaft geprüft hatte, kaum eines Blickes.

»In Ordnung«, sagte er nur, faltete ihn und steckte ihn in die Brusttasche seines Hemds.

Laura fühlte sich, als sei ihr ein Auftritt vor Gericht verwehrt worden.

»In Ordnung? Ist das alles, was du dazu zu sagen hast?«

»Ja.«

Sie deutete auf seine Hemdtasche.

»Aber du hast es nicht einmal angesehen!«

»Ich vertraue dir. Als ich sagte, ich würde dir nicht trauen, habe ich nur Spaß gemacht.« Er griff ihr zärtlich unter das Kinn. »Ich kaufe alles zum vollen Preis, aber ich möchte, dass du so frei bist, dir jedes Stück zu nehmen, das du als persönliche Erinnerung behalten möchtest.«

»Warte«, rief sie, als er sich anschickte, die breite Treppe hinunterzugehen. »Wenn du sowieso alles kaufen wolltest, warum haben wir dann eigentlich Tage damit verbracht, jedes einzelne Teil aufzulisten? Warum wolltest du dann überhaupt, dass ich diese verdammte Preisliste mache?«

Er lehnte sich an eine der Säulen und verschränkte die Arme vor der Brust.

»Möchtest du das wirklich wissen?«

Nein, das wollte sie ganz bestimmt nicht. Nicht, wenn er dieses lüsterne Grinsen aufsetzte und sie mit einem Blick bedachte, der erotischer und eindringlicher nicht sein konnte.

»Das war eine einzige Zeitverschwendung«, murrte sie ärgerlich.

»Dagegen muss ich deutlich Einspruch erheben, Miss Laura. Ich weiß nun, wo ich alles finde, bis hin zur Weihnachtsdekoration. Ich kenne alle Geschichten, die das Haus betreffen, die ich ansonsten niemals erfahren hätte. Und«, dies betonte er besonders, »ich habe die Zeit sehr, sehr angenehm verbracht.«

»Na gut, ich aber nicht. Ich hätte alles mögliche andere machen ...«

»Was denn?«

Sie suchte fieberhaft nach einer Antwort.

»Na ja, irgendetwas eben. Meinen Pflichten als Verkäuferin bin ich, glaube ich, umfassender nachgekommen, als notwendig gewesen wäre; wenn du mich also entschuldigst, ich verabschiede mich hiermit.« Sie stürmte auf die Eingangstür zu.

»Ich vermute, das ist jetzt kein guter Zeitpunkt, um dich um einen Gefallen zu bitten, oder?«

Sie blieb abrupt stehen, setzte ihre selbstherrlichste Miene auf und drehte sich steif zu ihm um.

»Was?«, fragte sie eisig.

»Würde es dir etwas ausmachen, wenn ich mein Mädchen herbrächte, damit es das Haus ansehen kann?«

Laura starrte ihn sekundenlang stumm an. Hätte jemand die Bodenbretter der Veranda unter ihren Füßen weggezogen, sie hätte nicht tiefer fallen können. Der Aufprall war hart und schmerzlich.

»Dein Mädchen?«

Er drückte sich von der Säule ab und lächelte.

»Ja, mein Mädchen. Ich nenne sie Tricks.« Er zwinkerte. »Seit ich das Haus gekauft habe, wünscht sie sich nichts sehnlicher, als es endlich sehen zu dürfen. Und ich denke, sie sollte es sich einmal anschauen, bevor wir einziehen.«

Nur über meine Leiche, wollte Laura am liebsten sagen.

»Würde es vielleicht morgen passen?«

Sie musste sich sehr beherrschen, um ihm nicht ins Gesicht zu schreien, er solle zur Hölle fahren und seine Tricks gleich mitnehmen. Aber er war der Eigentümer des Hauses. Und er hatte kein Wort über den Preis des Mobiliars verloren. Er besaß das Recht, jeden Menschen mitzubringen, der das Haus besichtigen wollte. Was konnte sie tun, um ihn davon abzuhalten? Sein entsetzliches Benehmen war kein Grund, ihm das zu verweigern. Und überhaupt würde es wohl nicht gut sein, nein zu sagen.

Doch die Intensität seiner Bitte hatte einen geradezu körperlich spürbaren Effekt auf sie. Sie empfand dieses Anliegen als einen Affront, der sich direkt auf ihre Magengegend auswirkte. Es war weniger, dass sie zornig wurde; vielmehr konnte sie sich weder bewegen noch etwas erwidern. Sie befürchtete, sich mitten auf der Veranda übergeben zu müssen.

Dass die Ursache ihrer plötzlichen Übelkeit Eifersucht sein könnte, war undenkbar, aber dennoch kam das Gefühl, das sie durchwogte, dem sehr nahe.

»Welche Uhrzeit?« Sie musste ihren Mund zwingen, die Worte zu formen.

»Irgendwann am späten Vormittag. Sie schläft gern aus.«

Laura nickte. »In Ordnung.«

5

Du Dummkopf, du Trottel!, verfluchte sich Laura am nächsten Morgen, während sie sich anzog. Warum war sie nur so entgegenkommend gewesen? Warum hatte sie ihm, als er sie um diesen Gefallen bat, nicht einfach gesagt, was er für ein schäbiger Typ war? Im Verlauf ihrer schlaflosen Nacht hatte sie ihn mit jedem Schimpfnamen bedacht, der ihr in den Sinn gekommen war. Warum hatte sie ihm nicht all diese Namen ins Gesicht geschleudert? Sie wünschte, ihm das volle Ausmaß ihrer Verachtung gezeigt zu haben, als er ihr eine solch hervorragende Gelegenheit dazu gab.

Tricks!

»Darauf möchte ich wetten«, murrte sie, während sie sich einen ärmellosen Baumwollstrickpullover über den Kopf zog.

Laura stellte sich Tricks als die sprichwörtliche verwöhnte Geliebte eines reichen Mannes vor, die in einem seidenen Negligé auf einem Berg von spitzenbesetzten Kissen ruhte. Wahrscheinlich schlief sie bis Mittag und stand dann nur auf, um irgendwelche Seifenopern im Fernsehen anzuschauen – mit verquollenen Augen, die von ihrem ausschweifenden Lebensstil herrührten. Dazu schob sie sich unablässig Schokolade in ihr Schmollmündchen.

Sie bürstete sich vehement die Haare und dachte, dass Tricks nur eine unangenehme, schrille Blondine sein konnte. Dann legte sie das leichteste und blumigste Parfum auf, das sie besaß. Sie dachte sich, dass das ganze

Haus bald genug penetrant nach Moschus riechen würde.

Die neue Hausherrin hieß Tricks!

Der Gedanke war einfach unerträglich. Ihre Vorfahren würden sich im Grab umdrehen. Hätte ihr Vater die Auswirkungen seines geschäftlichen Leichtsinns überschaut, er wäre mit Sicherheit gewissenhafter mit seinem Geld umgegangen. Hätte sich irgendjemand je vorstellen können, dass der Familienbesitz der Nolans einmal in solche Hände geraten würde?

Was Laura jedoch am allermeisten in Rage brachte, war die Tatsache, dass sie begonnen hatte, James Paden zu mögen.

»Ha!«, rief sie den Wänden zu, während sie im Paradeschritt die Treppe hinunterstolzierte. »Aus einem Kieselstein ... einen Diamanten schleifen ... ah, wie auch immer!«, beendete sie ihren Satz ärgerlich, weil sie sich nicht erinnern konnte, wie das Sprichwort genau lautete. Sie wusste nur, dass es passte.

Gestern, beim Betrachten der Bilder ihrer Großeltern, hatte sie sogar eine Spur Mitgefühl für James empfunden. Er hatte so verletzlich ausgesehen; die Haare waren ihm genau so in die Stirn gefallen, wie es schon die Mädchen an der Gregory High School immer in Verzuckung hatte geraten lassen. Seine Unterlippe hatte noch voller gewirkt als sonst und die Augen grüblerischer. Es hatte sogar einen Augenblick gegeben, in dem sie versucht gewesen war, ihm die Haare aus der Stirn zu streichen, ihm Trost anzubieten, ihm ...

»Und wenn schon«, knurrte sie.

Doch ihr Hirn gehorchte nicht. Ihre Fantasie war ausgefüllt von einem lebhaften Bild, wie sie ineinander verschlungen auf dem Teppichboden des großen Schlafzimmers lagen. Sie gab ihm die Zärtlichkeit, die er brauchte, und er ihr die Leidenschaft, die sie in ihrem Leben so sehr vermisste.

Und sie dachte viel zu oft an seinen Kuss. Er war eine Beleidigung gewesen, dieser Kuss. Sie hatte sich mit Männern verabredet, mit einigen sogar über Monate hinweg, aber nie hatte es einer gewagt, sie derart eindeutig zu küssen. Es war der anzüglichste Kuss gewesen, den sie je bekommen hatte, und sie wünschte sich, ihn vergessen zu können.

Allerdings konnte sie sich des beunruhigenden Eindrucks nicht erwehren, dass sie an ihn denken würde, solange sie lebte. Genauso, wie sie jenen Abend vor Jahren nie würde vergessen können, an dem James sie mit dem Motorrad nach Hause gebracht hatte. James Padens Berührungen hatten etwas an sich, das eine Frau nicht einfach abstreifen konnte. Es blieb ein unauslöschlicher Eindruck, wie eine Tätowierung.

Aber so unvergesslich dieser Kuss für sie zu sein schien, so alltäglich und bedeutungslos war er für ihn gewesen.

Wahrscheinlich hat er ihn längst vergessen, dachte Laura bitter. Sie fragte sich, ob er sie wohl nur deshalb geküsst hatte, weil Tricks an jenem Abend nicht verfügbar gewesen war.

Bevor sie die Zeit für weitere Grübeleien fand, hörte sie das unverkennbare Geräusch des Sportwagens. Sie stand im Wohnzimmer hinter den Vorhängen; von dort konnte sie James und Tricks beim Aussteigen gut beobachten, ohne selbst gesehen zu werden.

Der Wagen hielt. Die Scheiben waren getönt, sodass Laura nicht hineinsehen konnte. James stieg als Erster aus und ging mit einem stolzen Blick auf das Haus um das Heck des Autos herum.

»Angeber«, murrte Laura in ihrem Versteck.

Sah er denn eigentlich nie schlecht aus? Die Jeans, die er heute trug, war in einem etwas besseren Zustand als seine Arbeitshosen. Sie war außerdem gestärkt und gebügelt. Dazu trug er ein Poloshirt – mit hochgeschlagenem Kragen, um nur nicht den Verdacht aufkommen zu lassen, dass er eine Neigung zu adretter Kleidung entwickelt hätte.

Er öffnete die Beifahrertür und reichte die Hand ins Wageninnere. Laura biss sich auf die Lippe und drückte einen Moment lang die Augen zu.

Als sie sie wieder öffnete, wurde sie absolut still und starrte unverhohlen auf das Paar, das Hand in Hand die Stufen heraufschritt. Aus reiner Gehässigkeit hatte sie vorgehabt, die beiden endlos lange auf der Veranda warten zu lassen, bevor sie öffnete. Aber sobald die Glocke erklang, eilte sie an die Tür.

»Guten Morgen, Laura.«

»Guten Morgen«, antwortete sie heiser, unsicher, ob ihr ihre Stimme gehorchen würde.

»Ich möchte dir Tricks vorstellen«, sagte James und schob seine Begleiterin etwas nach vorn. »Meine Tochter.«

Laura und James starrten einander erst einmal eine Weile an, ehe sie auf das kleine Mädchen blickte, das zwischen ihnen stand.

»Hallo, Miss Nolan.« Sie sprach die Worte sorgfältig und deutlich aus, als hätte sie sie eingeübt.

Lauras Herz schmolz dahin, und es schnürte ihr die Kehle zu. Sie kniete vor dem Kind nieder.

»Hallo. Und sag bitte einfach Laura zu mir.«

»Mein richtiger Name ist Mandy. Aber Daddy nennt mich Tricks.« Sie legte den Kopf in den Nacken und blickte lächelnd zu ihm auf.

»Sag ihr, warum«, schlug James vor und erwiderte ihr Lächeln.

Laura sah, dass die Kleine große grüne Augen mit goldenen Tupfen hatte.

»Er hat Zaubertricks für mich gemacht, und die haben mir so gut gefallen, dass er mich dann so genannt hat. Aber da war ich noch klein, jetzt bin ich schon groß.«

»Sie ist einfach zu schlau für mich geworden«, erklärte James lachend. »Sie hat sogar meine raffiniertesten Taschenspielertricks durchschaut.«

»Magst du Zaubertricks auch gern?«, fragte Mandy sie ernst.

»Ja, sehr.«

»Vielleicht zeigt dir mein Daddy mal welche. Er kann es wirklich gut.«

Laura blickte zum Objekt von Mandys Bewunderung auf. James lächelte seiner Tochter mit unumstößlicher Liebe und Herzlichkeit zu.

»Davon bin ich überzeugt.«

Laura richtete sich auf.

»Ich wollte mich gerade über Kaffee und Kuchen hermachen. Möchtet ihr auch etwas?«

»Ja«, antwortete Mandy sofort. Dann blinzelte sie und sah ihrem Vater in die Augen. »Ist das okay, Daddy?«

»Wenn dich Laura dazu einlädt, ist es okay.«

»Na dann komm, Mandy, gehen wir in die Küche!«

Laura bot dem kleinen Mädchen eine Hand, und Mandy ergriff sie ohne zu zögern. Sie schien ein gut erzogenes Kind zu sein und Fremden gegenüber keine Scheu zu haben. Ihr langes Haar, braun wie das ihres Vaters, war sorgfältig gebürstet und wurde an den Seiten von Spangen festgehalten. Ihr Strandkleid war makellos sauber, die Rüschen gebügelt. An den Füßchen trug sie Sandalen.

»Das ist aber ein großes Haus«, sagte sie ehrfurchtsvoll, als sie durch das Esszimmer gingen.

»Du kennst dich bestimmt in kürzester Zeit darin aus«,

versicherte ihr Laura mit einem Lächeln. »Siehst du, da ist schon die Küche.«

Sie traten in den sonnendurchfluteten Raum, und Laura bot Mandy einen Platz am Tisch an. Sie hatte zwar vorgehabt, der Tricks mit dem Seidennegligé auf dem Kissenberg nichts anderes zu bieten als ein verdrießliches Gesicht, doch nun tischte sie mit Freude den versprochenen Kuchen auf, servierte Mandy eine nicht zu kleine Portion sowie ein großes Glas Milch und deckte eine Gabel und eine Serviette mit auf. James lehnte den Kuchen höflich ab, doch Laura schenkte ihm und sich Kaffee ein, und dann setzten sie sich zu seiner Tochter an den Tisch.

Mandy aß mit dem herzhaften Genuss, den Kinder immer bei Süßigkeiten empfinden, aber sie hatte gute Tischmanieren. Als ihr ein Stück Kuchen von der Gabel rutschte und auf ihr Kleid fiel, blickte sie zerknirscht zu James.

»Das macht nichts, Tricks«, tröstete er sie. »Nur ein kleiner Unfall. Leg das Stück einfach wieder auf deinen Teller.«

»Wie alt bist du denn, Mandy?«, fragte Laura, um sie von dem kleinen Malheur abzulenken.

»Fünfeinhalb. Hast du eine Cabbage-Patch-Puppe?«

»Äh – nein«, antwortete Laura mit einem leisen Lachen. »Du schon?«

»Mhm.«

»Sag: Ja, Ma'am.«

Sie legte beschämt eine Hand auf den Mund.

»Oh, hab ich vergessen.«

James blinzelte ihr zu und ließ sie damit wissen, dass er sie nur daran erinnern und nicht tadeln wollte. Sie lächelte erleichtert und wandte sich dann wieder Laura zu.

»Meine Puppe heißt Annmarie. Ich habe sie mitgebracht, aber Daddy sagte, sie muss im Auto warten. Meinst du, sie kann unser neues Zimmer später anschauen?«

»Aber sicher.«

»Ich finde, du bist hübsch.«

»Danke, Mandy. Ich finde dich auch hübsch.«

»Daddy sagte, du bist hübsch, aber ich hatte Angst, dass du alt bist oder so.«

In diesem Augenblick hätte Laura James nicht einmal angesehen, wenn es um Leben und Tod gegangen wäre.

»Wenn du deinen Kuchen aufgegessen hast, dann führe ich dich gern durch das ganze Haus. Magst du das?«

Mandy war begierig darauf, alles kennenzulernen, wenngleich sie sich anfangs von der Größe des Hauses und den vielen Zimmern etwas eingeschüchtert zeigte. Doch bis sie das Obergeschoss erreichten, hatte sie ihre Scheu abgelegt, und ihre Augen strahlten.

»Wird das mein Zimmer?«, quietschte sie und rannte in Lauras Schlafzimmer. Mit wehendem Röckchen lief sie zu den Fenstern, dann zu dem Standspiegel in der Ecke, zum Toilettentisch und schließlich zum Bett.

»Es sieht aus wie das Zimmer einer Prinzessin. Darf ich hier schlafen, Daddy?«

»Wir werden sehen«, antwortete er mit Rücksicht auf Lauras traurige Miene. »Jetzt möchte ich dir erst die Umgebung des Hauses zeigen.«

»Wartet, ob ich den Weg zur Haustür selbst finde«, bat Mandy und rannte zwischen James und Laura hin und her.

»Viel Spaß bei eurer Besichtigungstour. Wir sehen uns danach«, sagte Laura leise, als James seiner Tochter aus dem Schlafzimmer hinaus folgte.

»Kommst du nicht mit?«

Laura schüttelte den Kopf.

Doch Mandy hatte mitgehört und blieb am Treppenabsatz stehen. »Oh, bitte, Laura. Bitte. Daddy sagte, du weißt alles über In … Indi … über dieses Haus.«

James' bittender Blick unterstützte das Drängen seiner Tochter. Einem Paar dieser grünen Augen hätte Laura vielleicht noch widerstanden, doch zwei waren zu viel.

»Na gut.«

Sie gingen alle drei hinaus. Mandy fand selbst den Weg zum Strand, wartete jedoch folgsam, wenn auch ungeduldig, als James ihr zurief, nicht allein weiterzugehen. Nachdem sie den ganzen Anlegesteg entlang und wieder zurückgegangen waren, besichtigten sie die leeren Ställe – die Pferde waren das Erste, wovon sich Laura angesichts ihrer finanziellen Situation getrennt hatte.

»Bekomme ich ein Pony, Daddy?«

»Um das muss man sich aber sehr kümmern. Würdest du das machen?«

Mandy nickte feierlich. »Ich verspreche es.«

»Na, dann muss ich wohl nach einem Pony Ausschau halten, das ein Zuhause braucht.«

Mandy kreischte vor Freude und rannte auf die Schaukel zu, die aus dem Geäst der riesigen Lebenseiche herunterhing. James setzte sie darauf und schob sie an. Das freudige Kichern der Kleinen war ansteckend; als er genug hatte, lehnte Laura strahlend am Baumstamm.

»Meinen Glückwunsch zu deiner Tochter, James. Sie ist wunderbar.«

»Ja, nicht wahr?« Er hatte das Gefühl, mit vollem Recht stolz zu sein. Einen Augenblick lang beobachteten die beiden Erwachsenen stumm das Kind, das fasziniert einer über den Boden kriechenden Schnecke zuschaute.

»Ich wünschte, du hättest mir von ihr erzählt«, bemerkte Laura mit einem leisen Tadel. »Das hätte mir einen Schock erspart.«

Seine Aufmerksamkeit wanderte von Mandy zu der Frau, die neben ihm stand und etwas befangen Blätter von den untersten Ästen der Eiche pflückte.

»Es hat dich schockiert, dass ich eine Tochter habe?«

»Ehrlich gesagt, ja.«

Er beugte sich zu ihr und flüsterte verführerisch: »Zweifelst du etwa an meiner Potenz?«

Sie errötete und versuchte, seine Frage mit einem Lachen abzutun. »Natürlich nicht.«

»Ich würde sie dir gern demonstrieren.«

»James!«, rief sie entrüstet. »Es ist nun einmal so, dass du meiner Vorstellung von einem treusorgenden Vater nicht ganz entsprichst.«

Er blickte sie gekränkt an.

»Das ist verständlich. In meiner rebellischen Jugend habe ich ja geschworen, dass ich mich nie an die Kette legen lasse.«

»Und offenbar ist dir das auch gelungen.«

»Was gelungen? Mich nicht an die Kette legen zu lassen?«

»Du sagtest doch, dass du nicht verheiratet bist.«

»Stimmt.«

»Oh.«

Ihre Diskretion amüsierte ihn.

»Wenn du etwas über Mandys Mutter wissen willst, warum fragst du dann nicht einfach?«

»Was ist mit Mandys Mutter?«

Ihre unverblümte Frage überraschte ihn, er musste lachen. Doch als er zu sprechen begann, wurde er wieder ernst.

»Ich habe die beiden nicht erwähnt, weil ich nicht wollte, dass du ein vorschnelles Urteil fällst.«

Offensichtlich war Mandy also unehelich, doch Laura hätte ein Kind niemals grausam abgestempelt, und sie nahm Anstoß daran, dass er dachte, sie würde das tun.

»So engstirnig bin ich nicht.«

Das Einzige, was sie plagte, war eine verzehrende Neugier bezüglich der Frau, die James Paden ein Kind geboren hatte, ohne zu fragen, ob sie mit ihm verheiratet war oder nicht.

»Bist du mit ihr zusammen?«

»Mit wem? Mandys Mutter? Um Gottes willen.«

»Du meinst ...« Laura verstummte verlegen. »Ich verstehe das nicht.«

Er lehnte sich an den Baumstamm und blickte ihr in die Augen.

»Hör mal, Laura, diese Frau war ein Flittchen, okay? Ein Groupie, das immer hinter Rennfahrern her war. Sie hing in den Bars herum, in denen wir uns die Nächte um die Ohren schlugen. Sie war verfügbar und auf sexuelle Abenteuer aus. Normalerweise bin ich wählerisch, aber eines Abends wurde ich leichtsinnig, trank ein bisschen zu viel, und dann lag sie eben in meinem Bett.«

Laura sah sich nicht imstande, ihm in die Augen zu sehen, und blickte stattdessen auf seinen Hals. Er hatte es in seinem Leben wirklich ziemlich wild getrieben. Er hatte sich in Kreisen bewegt, von denen sie sich nicht die mindeste Vorstellung machen konnte. Sein Lebensstil unterschied sich von ihrem so sehr wie das Leben eines Eskimos von dem eines Beduinen. Wie viele Frauen waren tatsächlich in seinem Bett gelandet, aus Leichtsinn oder sonst einem Grund? Und sie war dumm genug gewesen, so vieles aus einem einzigen Kuss herauszulesen!

»Jedenfalls«, fuhr er fort und lenkte ihre Aufmerksamkeit wieder auf sich, »sie brachte es fertig, sich an mich zu hängen, und mir war es egal. Als sie mir sagte, sie sei schwanger, reagierte ich vorhersehbar. Ich wurde wütend. Hauptsächlich interessierte mich, ob das Kind von mir war. Sie schwor einen Eid darauf, und ich akzeptierte meine Verantwortung. Aber sie wollte lediglich das Geld für die Abtreibung von mir.«

Er schaute mit abwesendem Blick auf Mandy.

»Und dann, ich weiß auch nicht, was dann mit mir passiert ist.« Er seufzte und fuhr sich durch die Haare. »Ich habe angefangen nachzudenken, verstehst du? Dass es schließlich mein Kind war, und dass wir vorhatten, es zu töten, noch bevor es eine Chance hatte zu leben. Das Leben kann zwar wirklich hart sein, aber jedes Menschenwesen sollte zumindest die Chance bekommen, das Beste daraus zu machen .«

Er erwartete keine Erwiderung von Laura. Sondern er versuchte weiter, die für ihn so ungewöhnliche Entscheidung zu erklären, warum er sein Kind behalten hatte.

»Also sagte ich zu Mandys Mutter, dass sie das Baby bekommen sollte. Und dieses Weibsstück nervte mich daraufhin wochenlang mit ihrem Gejammer über die Schwangerschaft. Aber schließlich hat meine Sturheit gesiegt. Um ihr den Mund zu stopfen, versprach ich ihr für die Zeit nach der Geburt einen Haufen Geld und ihre Freiheit. Ich brachte sie sogar dazu, mich zu heiraten, damit es kein uneheliches Kind wird.«

Er blickte auf Lauras Scheitel hinab. Sie stand stumm da, mit geneigtem Kopf, und hörte ihm zu.

»Diese neun Monate waren die längsten meines Lebens. Ich habe meine Entscheidung in dieser Zeit oft bedauert. Ich wollte, dass dieses Weib aus meinem Leben verschwindet. Aber dann dachte ich an das Baby, und das gab mir die Kraft, seine Mutter einen weiteren Tag zu ertragen. Und dann wieder einen, und so weiter, bis Mandy auf die Welt kam.«

Er konnte ein Lächeln nicht zurückhalten, als er erneut auf seine Tochter blickte.

»Und sie war es wert. Oh Gott, war sie schön.«

»Was ist aus ihrer Mutter geworden?«, fragte Laura heiser, sehr berührt von dieser Geschichte.

Er zuckte mit den Schultern.

»Sie machte sich so bald wie möglich aus dem Staub, bekam eine schnelle Scheidung und überließ mir das alleinige Sorgerecht für Mandy. Ich habe sie seither noch ein paar Mal gesehen, auf irgendwelchen Rennstrecken. Aber das ist nun auch schon Jahre her. Sie will mit uns nichts zu tun haben. Und das ist mir ganz recht so.«

»Aber Mandy ist ihr Kind!« Laura konnte nicht glauben, dass diese Frau ihrem eigenen Fleisch und Blut gegenüber so gleichgültig sein konnte.

»Jemand mit deinen Wertvorstellungen kann das nicht verstehen, aber sie war einfach ein Nichtsnutz. Ich habe nicht übertrieben, als ich sie ein Flittchen nannte.«

»Aber als du geschäftlich erfolgreich wurdest …«

»Oh, sie hat natürlich versucht, Geld aus mir herauszuquetschen. Einmal. Doch das habe ich im Keim erstickt.«

Seine grimmige Miene sagte Laura, lieber nicht nachzufragen, was genau er mit »im Keim erstickt« meinte.

»War es schwer für dich, allein mit dem Baby zurechtzukommen?«

»Als Mandy auf die Welt kam, konnte ich es mir bereits leisten, ein Kindermädchen einzustellen. Aber das ständige Unterwegssein war nicht gut für sie. Deshalb gab ich die Rennfahrerei auf. Außerdem war es zu gefährlich.«

Laura musterte ihn und begriff allmählich.

»Dann wurde es damals wohl auch wichtig für dich, ob du lebst oder nicht.«

»Ja«, pflichtete er ihr leise bei. »Damals begann ich, Angst zu spüren. Ich wollte Mandy nicht zu einem Waisenkind machen. Mit den Rennen war Schluss, und mein Aufstieg im Geschäftsleben begann. Den Rest kennst du.«

»Hast du nie daran gedacht, sie zur Adoption freizugeben? Ich meine, ich verstehe ja, dass du sie nicht abtreiben lassen wolltest. Aber du hast eine immense Verantwortung auf dich genommen.«

Er lachte.

»Ich weiß, das klingt verrückt, aber ich habe meine Kleine sehr gewollt, unabhängig davon, wer ihre Mutter war.«

»Warum, James?«

»Ich glaube«, begann er bedächtig, »weil ich als Kind nie etwas Eigenes, Neues hatte. Alles, was ich bekam, war aus zweiter Hand, es hatte schon jemand anderem gehört und wurde dann an mich weitergegeben.«

Seine Finger schlossen sich zu einer Faust.

»Aber sie gehörte mir, ganz allein mir und niemandem sonst. Und sie würde mich lieben.«

James richtete sich abwehrend auf, als habe er zu viel von sich preisgegeben.

»Ich denke, jemandem wie dir fällt es nicht leicht, das zu verstehen.«

Laura sah auf einmal eine Seite von James Paden, über die nur wenige Menschen etwas wussten, wenn überhaupt jemand. Er war bei Weitem nicht so hart und zäh, wie er gern glauben machte. Das Leben hatte es ihm nicht leicht gemacht; er hatte sich durchschlagen müssen – auch indem er bluffte. Seine harte Schale war letztlich ein Schutzpanzer. Er war so verletzbar wie jedermann – zumindest, wenn es um seine Tochter ging.

»Ich verstehe schon.«

Sie konnte sich nicht weiter erklären, denn in diesem Augenblick kam Mandy zu ihnen gerannt und nahm sie beide an der Hand.

»Zeigt mir das kleine weiße Haus da mit den Löchern darin.« Sie deutete auf die Gartenlaube. »Bitte, Laura, Daddy!«

Sie verbrachten noch eine volle Stunde damit, auf dem Grundstück herumzulaufen, meistens hinter Mandy her, die endlos viel Energie zu haben schien. Als sie endlich wieder ins Haus zurückgingen, war Laura erledigt.

»Wie schaffst du das bloß mit ihr?«

Schwer atmend legte sie eine Hand auf die Brust. Sie hatten ihren Rundgang mit einem Wettlauf zurück zum Haus beendet; Laura war als Letzte angekommen.

»Leicht ist es nicht«, gab James lachend zu und wischte sich mit dem Ärmel über die Stirn. »Tut mir leid, dass wir dich so stressen.«

»Nein, ich empfinde das nicht als Stress. Es hat mir Spaß gemacht.«

Er trat einen Schritt näher und blickte in ihr verschwitztes Gesicht. »Wirklich?«

Ihre Stimmen waren in dem schattigen Eingangsbereich leise geworden. »Ja.«

»Laura ...«

»Laura, das ist Annmarie«, rief Mandy, die in diesem Moment zur Haustür hereingestürmt kam. Sie hatte ihre Puppe aus dem Auto geholt und präsentierte sie nun stolz.

Laura wandte sich von James' dunklem Blick ab und kniete nieder, um formell mit Annmarie bekannt gemacht zu werden. Als sie sich wieder aufrichtete, war die Stimmung von eben verflogen. Laura fühlte sich erleichtert, aber auch irgendwie enttäuscht. Was hatte James sagen wollen, bevor Mandy hereingeplatzt war?

»Wir gehen dann zum Essen, Laura. Möchtest du nicht mitkommen?«, fragte er.

»Oh, sag ja«, bat Mandy sofort, zog an Lauras Rock und hüpfte auf und nieder. »Bitte, sag ja!«

»Tut mir leid, aber ich kann nicht.« Laura strich über Mandys glänzendes Haar. »Ich habe eine Verabredung in der Stadt.«

James hatte ihr ohne viel Aufhebens einen Scheck für das Mobiliar zugesteckt. Sie wollte ihn sofort zur Bank bringen und ihrem Anwalt mitteilen, dass er mit der Begleichung ihrer Schulden beginnen könne.

Sie ließ sich durch James' und Mandys Schmeicheleien und Bitten nicht davon abbringen. Schließlich gaben die beiden auf und verabschiedeten sich. Laura beugte sich lächelnd zu Mandy.

»Ich hoffe, dass es dir in Indigo Place so gut gefällt wie mir, als ich ein kleines Mädchen war.«

»Hast du in meinem Zimmer geschlafen?«

»Ja. Wirst du dich mit Annmarie für mich darum kümmern?« Mandys normalerweise lebhafte Miene wurde ernst, und sie nickte.

»Sehr gut«, sagte Laura. »Ich danke dir.«

Den Tränen nahe richtete sie sich wieder auf.

»Ich komme morgen früh wieder, um einiges zu erledigen«, sagte James. »Dann sehen wir uns.«

Laura befürchtete, in Tränen auszubrechen, wenn sie jetzt etwas sagte, deshalb nickte sie nur zustimmend. Als die beiden wegfuhren, war Mandy schon wieder voller Überschwang. Laura winkte ihr nach.

Für ihre Erledigungen brauchte sie nicht annähernd so viel Zeit, wie sie gedacht hatte. Bei Sonnenuntergang kam sie nach Hause zurück. Die Abenddämmerung hatte sie schon immer als eine melancholische Tageszeit empfunden. Als sie ins Haus kam, lagen die Räume in einem rötlichen Dämmerlicht. Eine unerträgliche Traurigkeit überkam Laura.

Sie ging nach oben und schaltete im Schlafzimmer das Licht ein. Die langen Schatten, die es an die Wände warf, unterstrichen die alles durchdringende Einsamkeit. Und die leisen Geräusche, die entstanden, als sie sich auszog, waren nicht gerade dazu angetan, die düstere Stille erträglicher zu machen.

Indigo Place Nummer 22 brauchte Menschen, die dort wohnten. Eine Familie. Und James und Mandy waren eine Familie. Das Lachen des Kindes hatte diese herrschaftlichen Räume mit neuem Leben erfüllt. Es war selbstsüchtig von Laura zu bleiben, wenn die Padens ein Zuhause brauchten.

Welche Rechtfertigung hatte sie dafür, die ganze ihr zustehende Zeit hier zu wohnen? Jetzt, wo die Möbel verkauft waren, gab es keinen Grund mehr, noch länger zu bleiben. Auf einige ihrer Stellengesuche waren positive Antworten gekommen. Um das Wenige, was ihr an Besitz geblieben war, zu packen, in den Wagen zu laden und loszufahren, würde sie nur ein paar Tage brauchen. Sie konnte zu ihren Einstellungsgesprächen fahren und mit wenig Geld auskommen, bis sie eine Arbeit angenommen und eine Wohnung gefunden hatte.

Allerdings gab es neben diesen praktischen Erwägungen inzwischen auch noch solche emotionaler Art.

Wenn James nicht da war, vermisste sie ihn. Sein verdrossenes Gesicht und sein sinnlicher Blick waren ihr so vertraut geworden, dass beides sie bis in ihre Träume verfolgte. Seine Stimme, in der meist etwas Arroganz und versteckte Anspielungen mitschwangen, empfand sie längst nicht mehr als Ärgernis, sondern als liebevoll. Und seine Art, sich zu bewegen, sein Geruch und sein Kleidungsstil waren unversehens zu

Maßstäben geworden, nach denen sie andere Männer beurteilte.

Ihr Leben hatte sich sehr verändert, seit er auf seinem dröhnenden Motorrad aus der Dunkelheit aufgetaucht war. Er hatte sie dazu gebracht nachzudenken. Er brachte sie zum Lachen. Und er versetzte sie in einen Zustand prickelnder Erregung.

Wie konnte sie nur so dumm sein? Ja, was war sie doch für eine lächerliche, erbärmliche Frau! Sich in einen solchen Mann zu verlieben, war eine Katastrophe. Doch genau das war geschehen. Wie so viele vor ihr, war sie seinem Charme erlegen – einem Charme, der eigentlich keiner war. Aber eben dies machte ihn so unwiderstehlich. Seine kompromisslose Haltung erwies sich als eine Herausforderung für jede Frau, die ihm begegnete. Jede hielt sich für die Einzige, die ihn aus seinem unbekümmerten Leben herausreißen konnte.

Doch der zimperlichen und wohlerzogenen Miss Laura Nolan lag es natürlich fern, James Paden zu verführen, und deshalb war die Fantasie, sie könne sein Interesse wecken – von seiner Lust ganz zu schweigen –, absurd. Sie musste abreisen, bevor sie etwas wirklich Dummes tat und sich völlig zum Narren machte.

Morgen würde sie ihm Bescheid geben. Es würde weh tun, aber später würde es nur noch mehr schmerzen. Denn sie war dabei, sich jeden Tag noch mehr in ihn zu verlieben.

Morgen.

Als sie am nächsten Morgen zum Frühstück nach unten kam, stand sein Wagen bereits in der Auffahrt. Sie blickte durch die Fenster mehrerer Zimmer nach draußen, sah ihn jedoch nirgendwo. Nach einigen Tassen Kaffee, um sich für den unumgänglich bevorstehenden Zusammenstoß zu wappnen, ging sie hinaus. Sie hatte es zuvor nicht bemerkt, doch der Himmel war bedeckt. Tief hängende Wolken drohten mit Regen, und Laura fror in der steifen Brise.

Als Erstes schaute sie am Anlegesteg nach James, doch dort war er nirgends zu finden. Auf ihrem Weg zurück zum Haus begann es zu regnen. Es war kein leichter Schauer, der sich allmählich zu einem Platzregen entwickelte, sondern es regnete sofort sintflutartig. Sie war innerhalb von Sekunden durchnässt und lief zum nächstbesten Unterstand, dem Stall.

In dem leeren Gebäude war es dunkel. Der Geruch von Heu und Pferden und Leder lag in der Luft – nicht unangenehm für jemanden, der mit der Freude am Reiten aufgewachsen war.

Laura schüttelte sich den Regen aus den Haaren. Vom Türrahmen aus blickte sie hinaus auf den silbergrauen Regenvorhang, der zwischen ihr und dem Haus fiel.

»Hab ich dich!«

Sie schrie erschreckt auf, als James sie von hinten an den Armen packte und herumdrehte, sodass sie einander ansahen. »Habe ich dir Angst eingejagt?«

»Und ob, das weißt du doch!«, antwortete sie und tat, als sei sie wütend. Tatsächlich aber begann ihr Herz bei seinem Anblick zu rasen. »Ich wusste doch nicht, dass du hier drin bist.«

»Ach, Mist. Ich dachte, deswegen bist du gekommen.«

»Ich bin nur gekommen, weil es so regnet.«

Er blickte über ihre Schulter.

»Es schüttet wirklich irrsinnig.« Dann schaute er ihr direkt in die Augen. »Kann sein, dass wir ziemlich lange hier drinbleiben müssen.«

Laura war sicher, dass die Schlange etwas ganz Ähnliches zu Eva gesagt hatte.

James hatte sie nicht losgelassen. Seine Hände lagen warm um ihre Oberarme. Ihr Busen war an seine Brust gedrückt. Er blickte in ihr Gesicht. Sie fuhr sich nervös mit der Zunge über die Lippen.

»Was machst du hier drinnen?«

»Hmm?«, fragte er geistesabwesend zurück. Seine Augen wanderten über die Regentropfen, die wie ein glitzerndes Netz ihre Haare bedeckten. »Oh, ich habe, äh …«

Er trat ein paar Schritte vor, sodass sie rückwärts gehen musste.

»James?«

»Hmm?« Er studierte noch immer ihr Gesicht.

»Du wolltest doch etwas sagen«, flüsterte sie und spürte dabei, wie ihr Rücken auf die Wand traf.

»Wollte ich?«

»Ja.«

Die Hände auf ihren Schultern, drückte er sie sanft an die Mauer, senkte den Kopf und legte die Lippen fest auf ihren Mund. Mit einer seitlichen Neigung seines Kopfes verschmolzen ihre Münder; jeglicher Protest, den Laura eventuell hätte äußern wollen, blieb ihr im Halse stecken. Ihre Lippen reagierten auf den warmen Druck der seinen, doch sie hielt sich noch immer steif zurück.

»Komm schon, Baby, küss mich.«

»Ich will aber nicht«, erwiderte sie und stöhnte.

»Natürlich willst du. Und du weißt, wie ich es gern habe. Küss mich, genau so.«

Als seine Zunge ihre Lippen berührte, öffneten sie sich wie die zarten Blütenblätter einer Blume. Mit einem lustvollen Stöhnen drängte er in ihren Mund, drang in die sinnliche, nasse Höhle ein, ließ seine Zunge umherwandern und elektrisierte Laura mit jedem Vorstoß.

Seine Finger streiften ihre Arme hinab und legten sich

dann leicht um ihre Handgelenke. Er hob ihre Hände an seine Schultern, dann umfassten seine offenen Hände ihren Oberkörper und glitten über ihre Rippen bis zur Taille auf und ab; dabei massierten seine Handballen sanft die Seiten ihrer Brüste.

Er kam einen Schritt näher, doch selbst das war ihm noch nicht nahe genug; er legte die Arme um ihre Hüfte, die Hände flach auf ihr Kreuz und schmiegte ihren Körper eng an den seinen.

Laura stieß einen überraschten Schrei aus, als sie an der zartesten, verletzlichsten Stelle ihres Körpers seine harte Erregung spürte. Er rieb sich an ihr, lustvolle Freuden versprechend. Ihr Verstand geriet außer Kontrolle; instinktiv presste sie ihre Schenkel an James.

Ein tiefer, brünstiger Laut entstieg seiner Brust, und er steckte seine Zunge noch tiefer in ihren Mund. Gleichzeitig liebkosten seine Hände ihren Po, umfassten ihn warm und schoben sie noch fester und höher an ihn.

Er löste ihren Kuss und presste die Lippen heiß an ihren Hals.

»Ich brenne«, hauchte er heiser, »und du auch. Lass uns dieses Feuer löschen.«

Er zupfte an ihrem Hemd und zog es ihr aus der Hose. Als sie seine Hand auf ihrem nackten Bauch fühlte, glaubte sie, ein Brandeisen zu spüren; plötzlich merkte sie, wie heiß es zwischen ihnen geworden war.

»James, nein«, protestierte sie schwach.

»Oh doch, Baby.« Er öffnete den untersten Knopf ihres Hemds.

Laura bekam Panik.

»Nein!«

Sie stemmte sich so gegen seine Brust, dass er die Botschaft verstand. Er blinzelte, doch es dauerte einen Moment, bis seine von Lust getrübten Augen sich aufklarten.

»Warum nicht?« Seine buschigen Brauen formten sich zu einem tiefen V. »Du willst es doch auch.«

Sie schüttelte vehement den Kopf.

»Nein. Ich möchte mit dir reden.«

»Reden?« Er wickelte eine Strähne ihres Haars um seinen Finger und wischte damit über ihre kussnassen Lippen. »Mir gefällt die Art, wie du … sprichst.«

»Nein, James, hör mir zu. Ich wollte dir heute sagen, dass ich abreise. Wenn möglich schon übermorgen.«

Sie ignorierte seinen verblüfften Gesichtsausdruck und beeilte sich fortzufahren. Nun, da sie damit angefangen hatte, wollte sie es auch zu Ende bringen, alles loswerden, bevor er sie davon abbringen konnte.

»Es gibt für mich keinen Grund mehr, jetzt, wo die Sache mit dem Mobiliar geregelt ist, noch länger zu bleiben. Ich kann innerhalb von ein paar Tagen zusammenpacken und abreisebereit sein.«

»Wo willst du hin?« Seine Miene war düster und angespannt.

»I… ich weiß noch nicht genau. Aber du und Mandy, ihr solltet sofort einziehen. Wo ist sie denn eigentlich?«

»Ich habe eine Frau in der Stadt, die sich um sie kümmert, wenn ich weg muss.«

Laura hätte gedacht, dass sich Mrs Paden um ihre Enkelin kümmerte, doch sie verfolgte dieses Thema nicht weiter. Sie hatte keine Zeit dazu. Denn sie hatte kaum über die Frage nachgedacht, als er bereits all ihre Gedanken mit einer einzigen Bemerkung auswischte: »Ich möchte, dass du bleibst.«

»Dass ich bleibe?« Ihre Stimme hatte nicht mehr Kraft als ihr Körper.

»Ja, als Haushälterin.«

Laura versteifte sich abrupt und hob das Kinn an.

»Darauf lasse ich mich nicht reduzieren, Mr Paden!«

Sie wollte sich um ihn herumdrücken, doch er erwischte ihren Arm und presste sie wieder gegen die Wand.

»Hör dir an, was ich zu sagen habe, bevor du die Beleidigte spielst. Ich meine keine Haushälterin in dem Sinn, dass du kochen und putzen sollst. Dafür habe ich bereits anderweitige Vorkehrungen getroffen.«

»Einen Haushalt zu führen ist eine ehrbare Beschäftigung. Ich meinte lediglich, dass ich nicht für dich arbeiten möchte.«

»Woher willst du das wissen? Ich habe dir doch noch gar nicht gesagt, was ich vorhabe.« Auf ihren kalten, herablassenden Blick hin fuhr er fort: »Ich brauche dich als Verwalterin von Indigo Place. Als eine Art Gastgeberin. Eine Haushälterin weiß, was sie zu putzen hat, aber weiß sie auch, wann die Blumenarrangements in den Zimmern ausgetauscht werden müssen und welche Blumen dafür verwendet werden sollen? Ich brauche jemanden, der das Porzellan für die Abendgesellschaften auswählt, Menüs plant und so weiter. Verstehst du jetzt, was ich meine?«

»Ja, ich verstehe, aber diese Idee ist lächerlich. Diese Aufgabe würde mich kaum ausfüllen. Um es kurz und bündig zu sagen, ich brauche eine bezahlte Vollzeitbeschäftigung.«

»Ich habe vor, dich zu bezahlen.«

»Wie viel?« Er nannte eine Summe, bei der ihr der Atem stockte. »Nur um Blumen zu arrangieren und Geschirr auszuwählen?«

»Und Korrespondenz zu erledigen und mir mit Mandy zu helfen. Mir fallen da tausend Dinge ein.«

»Nein, ich kann nicht. Ich hätte nicht annähernd genug zu tun, um ein derartiges Gehalt rechtfertigen zu können.«

Er schob sich ungeduldig eine widerspenstige Strähne aus der Stirn.

»Hör mal, ich biete dir einen Job an, einen Job, in dem du richtig gut wärst. Es wäre die ideale Lösung für uns beide. Ich brauche dich, und ich weiß, dass du den Job brauchst.«

Sie ließ langsam die Luft aus der Lunge entweichen. Wut und Demütigung kämpften in ihr gegeneinander, und die erstere gewann die Oberhand. Laura wollte auf ihn einschlagen. Doch als sie schließlich die Augen öffnete und redete, waren ihre Worte beherrscht, wenngleich Abwehr in ihnen mitschwang.

»Wage es ja nicht, mich zu bemitleiden.« Der ganze Stolz ihrer Vorfahren sprach aus ihr. »Ich brauche keine Mildtätigkeit, weder von dir noch von sonst jemand. Und ich will schon gar nicht für einen Paden arbeiten oder von ihm Almosen erhalten.«

Er hakte die Daumen in den Hosenbund seiner Jeans ein und musterte sie mit glühenden Augen. Er zog die Unterlippe unter seinen Zähnen hervor.

»Okay. Käme es dann für dich infrage, einen zu heiraten?«

6

»Einen zu heiraten? Dich?«

Er nickte.

»Ja, mich zu heiraten.«

»Aber das ist grotesk!«

»Wieso?«

»Aus einer Million von Gründen!« Laura breitete die Arme aus, als wollte sie all diese Gründe umfassen.

»Wir sind zwei unverheiratete, ehemündige Erwachsene. Das reicht, damit zwei Menschen heiraten können.«

So vernünftig das auch klingen mochte, diese Vorstellung war so lächerlich, dass Laura die Sprache versagte. Er hingegen konnte mit einem ganzen Arsenal von Argumenten aufwarten.

»Lass mich ausreden, Laura, bitte, bevor du mir deine endgültige Antwort gibst.« Er machte eine Pause, um seine Gedanken zu sammeln.

Zum ersten Mal konnte Laura ihn sich in der Rolle eines Geschäftsmannes vorstellen. Wenn er so auftrat, nötigte er einem Respekt ab.

»Ich mache mir keine Illusionen darüber, wie man mich in Gregory aufnehmen wird. Ich kam in die Stadt zurück mit den Taschen voller Geld, aber es gibt eine Menge Dinge, die man mit Geld nicht kaufen kann, wie du mir vor einigen Tagen so schön unverblümt gesagt hast.« Sein Mund verzog sich zu einem kurzen Grinsen. »Ich habe diese Stadt als schwarzes Schaf verlassen, als gesellschaftlicher Außenseiter. Das hat sich ins Gedächtnis der Leute hier tief eingegraben, und es wird Jahre dauern, das zu verändern – falls es überhaupt möglich ist.«

Sie wollte ihn unterbrechen, doch er wehrte mit beiden Händen ab.

»Wie du wahrscheinlich weißt, ist es mir vollkommen egal, was die Leute von mir denken, aber ich werde garantiert nicht hinnehmen, dass sie Mandy die kalte Schulter zeigen, nur weil sie meine Tochter ist. Ich kann ihr keine geachtete Stellung in der Stadt verschaffen, aber du kannst es. Laura Nolan als Stiefmutter zu haben, würde Mandy so ziemlich alle gesellschaftlichen Kreise erschließen. Ich persönlich verachte diese Cliquenwirtschaft, aber sie gehört zu dieser Stadt nun einmal dazu.«

»Warum hast du dir dann nicht einen anderen Ort zum Leben ausgesucht?«

James lächelte wehmütig und zuckte die Achseln.

»Dies ist meine Heimat.«

Er ergriff ihre Hände.

»Wenn der einzige Weg, Mandy eine gute gesellschaftliche Stellung zu verschaffen, darin besteht, diese geschlossenen Zirkel aufzubrechen, dann werde ich das tun. Ich will nicht, dass sie von Partys ausgeschlossen wird, so wie das mir passiert ist.«

Laura war anständig genug, sich schuldig zu fühlen.

»Wenn es dir nur darum geht, könnte ich dir helfen, indem ich Mandy …«

Er schüttelte energisch den Kopf.

»Meine Tochter braucht eine Mutter, Laura. Ich kann nicht mehr länger den Part beider Elternteile übernehmen. Ich habe es in Gregory nie zu gesellschaftlicher Anerkennung gebracht, aber ich bin klug genug, das zu wissen. Sie braucht den Einfluss einer Frau. Und das wird umso wichtiger werden, je älter sie wird.«

»Du könntest jemanden anstellen, wie bisher.«

»Das bringt nichts.« Er schlug ihren schwachen Vorschlag mit einer verneinenden Geste aus und blickte ihr gerade in die Augen. »Glaubst du, du könntest sie mit der Zeit mögen?«

»Mandy? James, sie ist entzückend! Natürlich mag ich sie, und ich bin sicher, ich würde sie in kurzer Zeit lieben bis zur Raserei. Aber hier geht es um viel mehr.«

»Nämlich?«

Sie starrte ihn wütend an.

»Zum Beispiel darum, dass du und ich nichts gemeinsam haben. Und darum, dass du dich in eine andere verlieben könntest. Oder ich mich in einen anderen.«

Er runzelte die Stirn.

»Du bist aber nicht in einen anderen verliebt, oder?«

»Nein.«

Ich bin in dich verliebt, dachte sie. Und es bricht mir das Herz, dass du mir einen Heiratsantrag unterbreitest wie eine geschäftliche Transaktion. »Es würde einfach nicht funktionieren, das ist alles.«

»Ist Indigo Place behalten zu können nicht ein paar Opfer wert?«

Eins zu Null für dich, dachte sie. Doch sie war noch nicht bereit, nachzugeben. »Mich zu fragen, ob ich den Rest meines Lebens mit dir verbringen möchte, kann man ja wohl kaum als ›ein paar Opfer‹ bezeichnen.«

Er stützte eine Hand hinter ihrem Kopf an die Wand und beugte sich über sie.

»Bin ich so schrecklich?«

Nein. Genau das war der Punkt. Sie wollte, dass er ihr ewige Liebe schwor und verzehrende Lust versprach; stattdessen redete er von einer Gouvernante, die mit ihm zusammenlebte, von einer Gastgeberin mit gesellschaftlichen Referenzen. Er wollte, dass sie die Stadt für ihn erwärmte, und sie, dass er ihr Bett wärmte.

»Mit dieser Heirat würdest du eine Mutter für Mandy gewinnen und die gesellschaftliche Anerkennung, die mit dem Namen meiner Familie verbunden ist.«

»Und du könntest Indigo Place behalten. Ein sehr faires Geschäft, würde ich meinen. Und ich steuere das Geld dazu bei, dass du den Rest der Schulden deines Vaters abbezahlen kannst.«

»Ich bin keine Hure, die du kaufen kannst, James Paden!«

Seine Miene wurde aufrichtig reumütig.

»Tut mir leid. Das war unverzeihlich und taktlos. Ich wollte damit nicht ausdrücken, dass du käuflich bist. Aber weißt du, Laura, ich – und ebenso meine Tochter –, wir brauchen dein gutes Beispiel. Ich war geschäftlich erfolgreich. Ich habe gelernt, mich mit den Großen im Business zu messen. Ich habe meine Sprache aufpoliert und im Griff – meistens jedenfalls – und meine Tischmanieren ebenfalls. Aber wenn es um gesellschaftliche Formen geht, um die feine Lebensart, bin ich nach wie vor ein Ignorant. Hilf mir.«

»Ich kann nicht denken.« Stöhnend drückte sie die Fingerspitzen an die Schläfen. »Das ist so ...«

»Plötzlich? Ich weiß. Zumindest für dich. Ich denke schon seit Tagen darüber nach.«

»Seit Tagen! Warum gibst du uns nicht ein paar Wochen oder Monate?«

»Weil ich die Zeit nicht habe«, sagte er kopfschüttelnd. »Mandy geht ab diesem Herbst in den Kindergarten. Bis dahin möchte ich alles geregelt haben.«

Laura war verzweifelt. »Ich weiß nicht, warum ich über all das überhaupt rede. Es ist so sinnlos.«

»Es ist absolut sinnvoll. Du musst nur ja sagen.«

»Wir sind uns doch praktisch fremd.«

»Wir kennen uns seit Jahren.«

»Aber wir kennen uns überhaupt nicht ... nicht ...« – »Näher.« Er sprach das Wort aus, das ihr solche Schwierigkeiten bereitete.

»Ja.« Sie senkte den Kopf, bis das Kinn fast ihre Brust berührte. »Wäre das nur ein ›Arrangement‹, oder würdest du von mir erwarten, dass ich tatsächlich deine Ehefrau bin?«

Ihr Herz pochte so fest, dass es wehtat.

Er legte einen Finger unter ihr Kinn und hob ihren Kopf an, sodass sie ihn ansehen musste.

»Glaubst du, ich würde eine Frau heiraten, ohne von ihr zu erwarten, dass sie das Bett mit mir teilt?«

Ihre Lippen zitterten so sehr, dass sie nicht antworten konnte. Sie schüttelte nur den Kopf. Sein Blick fokussierte sich auf ihre feuchten, bebenden Lippen.

»Ich kann es nicht erwarten, dich im Bett zu haben«, flüsterte er mit rauer Stimme. »Und wenn es so weit ist, dann teilen wir uns die größte Leidenschaft unseres Lebens, Miss Laura.«

Er keuchte leise.

»Sag ja.«

»Ich ...«

Er drückte einen heißen, heftigen Kuss auf ihren Mund und zog sich dann zurück.

»Ich akzeptiere kein Nein. Sag ja.«

Er küsste sie wieder; dieses Mal rieb er seine Lippen sanft auf ihren, bis sie sich öffneten. Es wurde ein tiefer, berauschender Kuss, der ihr praktisch den Verstand raubte. Sie unterwarf sich einfach dem Diktat seines Mundes.

Und er hielt sich nicht zurück, sondern küsste sie, als sei sie die letzte Frau auf dieser Erde und als habe er nur eine begrenzte Zeit zur Verfügung. Er küsste sie mit einer primitiven Zügellosigkeit, als gäbe es keinerlei gesellschaftliche Konventionen. Als er endlich innehielt, bebte ihr ganzer Körper.

»Nun?«

»Ja.«

»Sag es.«

»Ja, ich … ich heirate dich, James.«

»Du wirst eine Paden?«

Sie nickte, doch ihre Lippen streckten sich bereits wieder begierig den seinen entgegen. Sie wurde nicht enttäuscht. War seine Zunge zuvor undiszipliniert gewesen, so tauchte sie nun voller Wildheit in ihren Mund. Laura schmolz an seine Brust; sie fühlte sich rückgratlos und formbar und weiblicher als je zuvor in ihrem Leben. Seine Männlichkeit verlangte Weiblichkeit von ihr, und er entlockte sie ihr aus jeder Pore.

Während er fortfuhr, sie auf eine sinnliche Weise zu küssen, die bislang jenseits ihrer Vorstellungen gewesen war, knöpfte er ihre Bluse ganz auf. Dann öffnete er ihren BH, ließ die Hände daruntergleiten und umfasste ihre vollen, warmen Brüste.

»Oh Gott, ich habe mich so sehr danach gesehnt, das zu tun«, murmelte er in ihr Ohr. Sein offener Mund wanderte ihren Hals hinunter, während seine Hände sich mit ihren Brüsten vertraut machten. »Du machst mich schon die ganze Zeit verrückt. Verrückt.«

Er stöhnte, als seine Finger über die zarten Spitzen strichen.

Laura gab einen wimmernden, schmachtenden Laut von sich, als sich ihre Brustwarzen unter dem zarten Druck seiner Finger versteiften. Ihr Schoß fühlte sich warm und voll und feucht an. Zum ersten Mal in ihrem Leben wünschte sie sich, von einem Mann ausgefüllt zu werden.

»So ist es gut, Baby – mach dich bereit für mich. Denn

wenn ich in dich eindringe, werden unsere Körper singen. Das verspreche ich dir.«

James ging etwas in die Knie und liebkoste ihre Brüste mit seinem offenen Mund. Seine Hände streichelten die Rückseite ihrer Schenkel und öffneten sie etwas, und als er sich wieder aufrichtete, drängte sich seine Männlichkeit in die weiche, nachgiebige Einkerbung.

»James!« Der plötzliche intime Kontakt erschreckte Laura.

Seine Leidenschaft verwandelte sich sofort in Zärtlichkeit. Er tröstete sie, fuhr ihr beschwichtigend durch die Haare und drückte schwer atmend die Lippen auf ihre Wange, bis sie beide ihr Gleichgewicht wiedergefunden hatten.

»Keine Angst. Ich will nicht, dass wir das erste Mal in einem Stall miteinander schlafen. Ich will ein Bett. Ein Ehebett. Mit dir darin.« Er rückte von ihr ab und schob ihre Bluse über der Brust zusammen. »Ich hatte eine Ehefrau, aber das war lediglich, um dem Gesetz Genüge zu tun.«

Dann hielt er ihr Gesicht zwischen seinen Händen und blickte sie an.

»Du wirst meine erste Braut sein.«

Sobald die Dinge ins Rollen kamen, war James nicht mehr zu bremsen. Er verfügte über die Energie einer Dampfmaschine. Offenbar hatte er mehr über ihre Hochzeit nachgedacht, als er eingestanden hatte, denn sonst wären die Vorbereitungen wohl nicht wie am Schnürchen gelaufen.

Noch am selben Tag rief er Laura an und teilte ihr mit, dass die Trauung am Samstag im Gerichtsgebäude stattfinden werde. Sie hatte also nicht einmal eine Woche, um sich vorzubereiten.

Früh am nächsten Morgen kam ein altbekannter Pickup die Auffahrt heraufgefahren und blieb vor der Haustür stehen.

Noch ehe Bo, ihr Mann, ihr helfen konnte, stieg Gladys aus und schnaufte die Stufen hinauf, um Laura zu umarmen, die ihre Ankunft mit vor Staunen offenem Mund beobachtet hatte.

»Oh, ich freue mich so, euch zu sehen!«, rief sie. »Aber was macht ihr denn hier so früh am Morgen?«

»Wir kommen zurück, um wieder für dich zu arbeiten, das machen wir hier«, erklärte Gladys.

»Ihr kommt zurück ...«

»Mr Paden hat uns eingestellt, und das nicht eine Minute zu früh, meine ich«, sagte Gladys mit gespielter Verdrossenheit. »Ich werd' meine Küche wohl nicht wiedererkennen!«

Sie zog eine Schürze aus ihrer riesigen Handtasche und band sie sich um die breiten Hüften.

»Bo, willst du den ganzen Tag da stehen bleiben und grinsen wie'n falscher Fuffziger, oder fängst du endlich an, unsere Sachen wieder einzuräumen und dich um den Hof zu kümmern? Ogottogott, schau dir bloß dieses Blumenbeet an. Gehen wir ins Haus, Lämmchen.«

Sie legte besitzergreifend einen Arm um Lauras Schultern.

»Bleib nicht in dieser Hitze stehen. Ich mach' dir ein Frühstück. Du bist ja dünner als eine Weidenrute. Möchte wetten, dass du keine anständige Mahlzeit gegessen hast, seit deine Gladys weggegangen ist.«

In gewohnt herrischer Manier etablierte sich Gladys wieder als Haushälterin. Als sie zufällig die Tränen in Lauras Augen sah, zeigte sie sich sofort besorgt und umschloss ihr »Lämmchen« mit einer erstickenden Umarmung.

»Nein, mir fehlt gar nichts«, versicherte ihr Laura. »Ich freue mich nur so, dass ihr beide wieder da seid.«

»Na, na, mein Lämmchen, deswegen muss man doch nicht gleich weinen. Wir kümmern uns um dich, so wie wir's deinem Daddy versprochen haben. Und mit dieser Mandy Paden habe ich auch gleich noch ein neues Baby, das ich verwöhnen kann. Sie erinnert mich an dich, als du in dem Alter warst.«

Die Burtons wiederzuhaben, nahm Laura die Verantwortung für die Führung des Haushalts ab. Der negative Effekt war allerdings, dass sie dadurch mehr Zeit hatte, über ihre bevorstehende Hochzeit mit James Paden nachzugrübeln.

In den folgenden Tagen wurde es offiziell. Sie war wirklich und tatsächlich im Begriff, ihn zu heiraten. Laura hatte gehofft, auf der Gesellschaftsseite der Zeitung würde ihre Hochzeit nur klein und diskret erwähnt. Stattdessen erschien ein großer Artikel über sie und James. Sie wurde als die glamouröse, einflussreiche Schöne der Gesellschaft von Gregory porträtiert und James als der heimgekehrte Eroberer.

Er lachte über diese überschwängliche Geschichte und erinnerte sich an die Zeit, als jemand im selben Blatt einen großen Artikel über »Vandalismus« an der High School geschrieben hatte.

»Das war, als ein paar meiner Kumpels und ich beschlossen, dass die alte Kanone der Konföderierten vor dem Gerichtsgebäude in Rosa besser aussehen würde.«

»Das wart ihr?«, rief Laura ungläubig und lachte im Gedanken an die öffentliche Empörung, die der Vorfall in Gregory ausgelöst hatte.

Sie saßen auf der Veranda von Indigo Place auf dem Korbsofa. Mandy »half« Gladys in der Küche beim Keksebacken.

»Damals wurde behauptet, dass du es warst, aber ich dachte, das sei bloß Geschwätz.«

»Wir haben abwaschbare Farbe verwendet.« Er klang reumütig, doch dann blinzelte er auf eine Art und Weise, die Laura denken ließ, er würde diesen Streich wiederholen, wenn er auch nur die kleinste Chance dazu bekäme.

»Du bist ein böser Junge.«

»Ganz bestimmt.«

Er zog sie an sich und gab ihr einen verführerischen Kuss.

»Und dich werde ich auch noch verderben«, versprach er ihr mit einem liebevollen Brummen.

Das war es, wovor sie sich fürchtete. Seit sie seinen Heiratsantrag akzeptiert hatte, ließ er keine Gelegenheit mehr aus, sie zu küssen oder zu liebkosen. Jeder dieser Küsse erweckte in ihr ein brennendes Begehren – ein Gefühl, das sie so sehr liebte wie es sie ängstigte.

Offiziell nahm die Stadt ihren verlorenen Sohn in Ehren wieder auf, doch von diesem scheinbaren Stimmungsumschwung ließ sich Laura nicht täuschen. In der Vorstellung der Bürger von Gregory würde James immer der junge, wilde Paden bleiben. Nun, da sie diesen »jungen Wilden« heiratete, wurde sie zum Objekt spekulativer Seitenblicke von der Art, die damals die Mädchen abbekommen hatten, die mit ihm ins Drive-in-Kino gefahren waren.

Laura hielt stolz den Kopf hoch und nahm gelassen Gratulationen zu ihrer Hochzeit entgegen. Ein kleiner, schelmischer Kobold in ihr wollte dann immer sagen: »Jawohl, seine Küsse sind so toll, wie es immer heißt – sogar noch besser. Du solltest dich wirklich für mich freuen.«

Und wenn die gesellschaftlichen Spitzen der Stadt bezüglich der Beziehung zwischen Braut und Bräutigam ohnehin schon neugierig waren, würden sie wegen des Rings mit einem Diamanten von sechseinhalb Karat an Lauras linker Hand garantiert vor Eifersucht außer sich geraten.

»Aber, James, das ist … ich kann nicht … Warum …«

Als er den Ring an ihren Mittelfinger steckte, konnte Laura nur stottern.

»Er hat mich an dich erinnert«, erklärte James und blickte ihr in die Augen. »Er ist außen kühl und glatt, aber tief drinnen hat er eine ganze Menge Feuer.«

»Aber er ist so … groß.« Das letzte Wort klang sehr schwach. James' Lippen liebkosten ihr Ohr.

»Baby, ich kann es nicht erwarten, dein Feuer zu schüren.«

Sie legte die Arme locker um seinen Hals und gab sich seinem stürmischen Kuss hin.

»Wo werden wir schlafen?«

Er murmelte die Frage an ihren Lippen.

»Wann?«, fragte sie benommen, halb in dem Gedanken, er wolle sie auf der Stelle ins Bett ziehen.

Er kicherte. »Wenn wir heiraten.«

»Oh!« Eine brennende Röte überzog ihr Gesicht, sie entzog sich ihm und bemühte sich vergeblich, ihr Haar glatt zu streichen. »Ich weiß nicht, was ich gedacht habe.«

»Ich wette, ich weiß es.« Mit einem trägen Lächeln ließ er die Fingerknöchel über ihre Brüste gleiten. »Und die Idee gefällt mir. Sehr sogar. Aber ich will bis Samstagabend warten. Ich will den Gedanken an dich auskosten. Außerdem fürchte ich, Gladys würde mich auspeitschen, wenn ich ihrem Lämmchen zu nahe komme.«

Seine liebkosenden Finger ließen Laura erschaudern;

sie zwang sich, sich auf die Frage zu konzentrieren, die er angeschnitten hatte.

»Mandy wird mein Schlafzimmer bekommen, nicht wahr?«

»Ich denke, das wäre gut, ja. Sie nennt es das Prinzessinnenzimmer«, sagte er mit einem Grinsen, das eigentlich für seine Tochter reserviert war. »Für uns beide ist es ohnehin zu klein, meinst du nicht?«

»Ich glaube schon. Außerdem ist im großen Schlafzimmer ein offener Kamin. Das könnte an kalten Winterabenden ganz nett sein.«

»Für die Atmosphäre. Als Wärmequelle werden wir ihn nicht brauchen.«

»Nein, im Haus läuft das ganze Jahr über die Klimaanlage.«

»Das habe ich auch nicht gemeint.« Seine Arme umschlossen sie für einen neuerlichen, langen Kuss.

Am nächsten Tag versuchte Laura, nicht an diesen Kuss zu denken, während sie mit Gladys' Hilfe daranging, das große Schlafzimmer für ein frisch vermähltes Paar herzurichten. Nach dem Tod ihrer Mutter hatten das Schlafzimmer sowie der daran anschließende Ankleideraum und das dazugehörige Bad die Atmosphäre eines Junggesellenquartiers angenommen. Randolph Nolan hatte den Räumlichkeiten seinen Stempel aufgedrückt.

Ohne ihrem alten Zimmer seinen »Prinzessinnen-Charme« zu rauben, brachte Laura einige ihrer persönlichen Gegenstände in das große Schlafzimmer, bezog die Betten neu und legte frische Handtücher ins Badezimmer. Das Resultat sagte ihr und auch Gladys zu. Die Suite wirkte nun wärmer, wohnlicher. Laura kam das Wort »romantisch« in den Sinn, doch sie schob es beiseite.

Am Tag vor der Hochzeit zogen James und seine Tochter offiziell ein. Außer Kleidung, Büchern, Platten und Mandys Spielzeug brachten sie nicht viel mit. James hatte seine Möbel zusammen mit dem Haus in Atlanta verkauft.

Bei Einbruch der Dunkelheit waren alle rechtschaffen müde. Mandy klagte über eine weitere Nacht im Hotel, doch James versprach ihr, dass es die letzte sein würde. Sein Gute-Nacht-Kuss raubte Laura den Atem und ließ ihre Knie butterweich werden.

»Später«, sagte er rau, als er sie endlich losließ.

Die Braut hatte am nächsten Morgen nicht viel zu tun außer die Stunden vor der Trauung zu fürchten und »sich schön zu machen«, wie Gladys es ausdrückte.

Ohne Gladys' beruhigende Gegenwart im oberen Stockwerk und ohne die ständigen Ermutigungen der älteren Frau hätte es Laura vielleicht überhaupt nicht geschafft, die Treppe hinunterzugehen, als James endlich eintraf, um sie für die Fahrt in die Stadt abzuholen.

»Was habe ich nur getan?«, fragte sie sich immer wieder.

Auf dem Standesamt beim Ablegen des Ehegelübdes wusste sie allerdings genau, weshalb sie seinen Heiratsantrag angenommen hatte. Sie liebte ihn. Sie wollte ihr Leben mit ihm teilen. Mit ihm in Indigo Place zu wohnen war ein Geschenk, eine fast bedeutungslose Zugabe, wie sie erkannte, als sie sich ihm am Ende der kurzen Zeremonie zuwandte.

»Hallo, meine Süße«, flüsterte er.

Seine Kleidung war korrekt, sein Benehmen über jeden Tadel erhaben. Doch hinter diesem dem feierlichen Anlass angemessenen Äußeren sah sie den Mann, wild und zügellos und gefährlich, eine Versuchung für »nette Mädchen« wie Laura Nolan. Der Kuss, den er ihr fest auf den Mund drückte, beugte sich gewiss keiner Konvention. Er dauerte und dauerte und dauerte, bis sich der Standesbeamte endlich diplomatisch räusperte.

Nur Gladys, Bo und Mandy wohnten der Trauung bei. Laura hatte James am Anfang der Woche vorsichtig gefragt, ob seine Mutter kommen werde, was er brüsk ablehnte. Sie war klug genug, dieses Thema fallen zu lassen.

Nach der Zeremonie bestand James darauf, sie alle ins beste Restaurant der Stadt zu Champagner und einem kleinen Abendessen einzuladen; er hatte dort eigens einen Raum reserviert.

Auf dem Heimweg plagten Laura heftige Kopfschmerzen. Ihre Nerven lagen blank. James musste das gespürt haben. Er kam zu ihr, während sie Mandy half, ihren letzten Koffer auszupacken, legte sanft die Hände auf ihre Schultern und sagte: »Ich bezahle Gladys dafür, solche Dinge zu erledigen. Leg dich ein bisschen hin und entspanne dich. Ich komme auch gleich.«

»Aber Mandy ...«

»Ich kümmere mich darum, dass sie zu Bett gebracht wird.« Er küsste Laura in den Nacken. »Zieh dieses Kleid aus. Es ist wunderschön, und du siehst großartig darin aus, aber ich bin sicher, du findest etwas ... Bequemeres ... zum Hineinschlüpfen. Wenn du mir das Klischee verzeihst.«

Sie gab ihrer neuen Tochter einen Gute-Nacht-Kuss, bedankte sich bei Gladys und Bo, der noch die letzten Stücke von James' Gepäck hochbrachte, und wünschte allen eine gute Nacht.

Nach zwei Tabletten gegen ihre Kopfschmerzen nahm sie ein Bad in der Hoffnung, das warme Wasser werde ihren strapazierten Nerven guttun. Im Ankleidezimmer blieb sie lange vor dem Spiegel stehen, bürstete sich die Haare aus, rieb sich mit Körperlotion ein, bis ihre Haut seidenweich war, und tupfte Parfum auf Stellen ihres

Körpers, die sie damit noch nie bedacht hatte. Solchermaßen auf ihre Hochzeitsnacht vorbereitet, zündete sie einige Duftkerzen an und schlug schließlich die Bettdecke zurück.

Ihre Mühe wurde belohnt. Als James das Zimmer betrat, blieb er sekundenlang auf der Schwelle stehen, ehe er leise die Tür hinter sich schloss. Er sah überrascht und erfreut aus.

Laura, die mitten im Raum stand und nervös die Hände rang, fragte: »Ist mit Mandy alles in Ordnung?«

»Sie schläft. Sie überredete Gladys, ihr ein Gute-Nacht-Lied vorzusingen, und Gladys wäre beinahe vor Mandy eingeschlafen.«

Mit einem leisen Lachen legte er sein Jackett ab. In der maßgeschneiderten Weste sah er umwerfend aus. Sie schmiegte sich an seinen Körper und verjüngte sich an der Taille.

Er ließ das Jackett auf die Chaiselongue fallen, die Laura ins Schlafzimmer gestellt hatte; sie trug es in den Ankleideraum. Er folgte ihr und knöpfte währenddessen seine Weste auf. Sie hängte sein Jackett auf und wollte die Weste in Empfang nehmen, doch er warf sie auf den Hocker vor dem Toilettentisch.

»Was machst du?«, fragte er.

Laura wollte nach einem Kleiderbügel greifen, doch er nahm sie bei der Hand.

»Ich hänge deine Sachen auf.«

Er nahm ihr die Weste ab und ließ sie achtlos zu Boden fallen.

»Das ist sehr bewundernswert von dir, solch eine hausfrauliche Aufgabe zu erledigen, aber,« er liebkoste mit dem Mund ihren Hals, »ich kann mir andere eheliche Pflichten für dich vorstellen.«

Er zog Laura in seine Arme und hob sie hoch an seine

Brust. Sie klammerte sich, um ihr Gleichgewicht zu bewahren, an seinem Hemd fest und ließ sich ins Schlafzimmer tragen.

James setzte sie auf den Rand des Betts und betrachtete sie mit eindringlicher Miene.

»Habe ich dir schon gesagt, was für eine wunderschöne Braut du warst?«

Sie schüttelte den Kopf; dabei streiften ihre Haare seine Finger, die ihren Nacken liebkosten.

»Ich sollte mich schämen. Du warst – du bist – sehr schön. Dein Kleid hat dir perfekt gepasst.«

Sein Blick wanderte ihren Körper hinab; er bewunderte ihr pastellblaues, spitzenbesetztes Seidennegligé.

»Aber so mag ich dich noch lieber«, sagte er mit belegter Stimme.

Er presste seinen Mund auf den ihren. Ihre Lippen öffneten sich, ihre Zungen berührten sich. Der Kuss wurde intensiver, und James streifte Lauras Negligé ab; es fiel zu ihren Füßen auf den Teppich. Sie erschauderte vor Lust, als seine Hände leicht über ihren Körper strichen und dabei immer wieder innehielten, um eine Rundung zu erforschen, eine Höhlung zu erkunden.

Er richtete sich wieder auf und blickte durch ihren hauchdünnen BH auf ihre Brüste. Seine Augen schlossen sich, er stöhnte.

»Oh Gott, du bringst mich um ...«

Er biss die Zähne zusammen und gab einen gepressten Laut von sich. Dann ergriff er ihre Hand und drückte sie auf seine Hose.

Laura erbleichte zuerst, dann wurde sie feuerrot. Doch James sah es nicht; er hielt die Augen geschlossen und konzentrierte sich auf das lustvolle Gefühl, das ihre Finger auslösten. Er sagte Dinge, die Laura so schockierten, dass sie bebte.

»Das ist gut, so gut«, murmelte er und erregte damit auch sie.

Nach einer Weile öffnete er die Augen, lächelte ihr mit einem tiefen Seufzer gequält zu und ließ ihre Hand los. »Ich möchte, dass wir uns ganz viel Zeit lassen. Aber wenn wir das zu lange machen, dann kann ich mich nicht mehr zurückhalten.«

Laura nickte wortlos und stand auf, unsicher, ob sie jemals wieder in der Lage sein würde zu sprechen. Als er begann, sein Hemd aufzuknöpfen, blieb sie reglos stehen wie eine Statue. Er schlüpfte rasch heraus und ließ es einfach fallen; dann setzte er sich auf das Bett und zog Schuhe und Socken aus. Laura konnte ohne Hilfe anscheinend überhaupt nichts mehr. Es war, als habe sie ihr Denkvermögen eingebüßt und erst recht die Fähigkeit, irgendetwas von sich aus zu tun.

James öffnete seinen Gürtel und den Hosenknopf, doch weiter kam er nicht. Sein Blick, der nie zu weit von dem verführerischen Bild wegwanderte, das ihre Brüste in dem aufreizenden Nachthemd boten, schwenkte auf ihr Gesicht.

»Ich kann mich nicht einmal ausziehen, so sehr will ich dich dauernd berühren«, bemerkte er mit einem leisen Lachen.

Er umfasste Lauras Taille, zog sie zu sich, sodass sie zwischen seinen geöffneten Beinen stand, und rieb sein Gesicht an ihren Brüsten. Dann strichen seine geöffneten Lippen darüber. Seine Zunge berührte sie durch den Spitzenstoff hindurch. Seine Hände glitten zu ihren Hüften und ihrem Po, drückten und liebkosten, drängten sie näher an ihn.

»Du riechst so gut. Ich weiß noch, ich wollte dir immer so nahekommen, dass ich deinen Geruch mitbekam. Ich konnte mir nicht vorstellen, dass irgendjemand so frisch und sauber sein konnte, wie Miss Laura Nolan aussah. Aber du bist es.«

Mit einem Laut heftigen Verlangens vergrub er die Nase in dem Spalt zwischen ihren Brüsten, der durch den engen Sitz ihres Nachthemds noch betont wurde.

Das Nachthemd war mit einer Reihe von Perlmuttknöpfen besetzt. Sie hatten mehr dekorativen als funktionalen Charakter, denn man konnte es leicht an- und ausziehen, ohne sie aufzuknöpfen. Doch James öffnete sie nun einen nach dem anderen – sehr langsam, mit einer Pause nach jedem Knopf, in der er dem kleinen Stückchen Fleisch, das er gerade enthüllte, Achtung zollte. Ihre Brüste wölbten sich mit jedem offenen Knopf mehr zwischen dem weiter werdenden Keil aus Spitzen heraus, bis sie frei lagen.

Laura hatte keine Vorstellung davon gehabt, wie verführerisch der Mund eines Mannes sein konnte. Sie beobachtete, wie James den seinen von der einen Brust zur anderen wandern ließ, sah die suchenden Bewegungen seiner Lippen, das Spiel seiner Gesichtsmuskeln, seine geschmeidige Zunge.

Das Lustgefühl, das er in ihr auslöste, war überwältigend; sie schloss die Augen. Er benetzte sie überall. Die Luft kühlte sie, während sich sein Kopf abwärts bewegte, er ihren Bauch und jede einzelne Rippe küsste.

Weitere Knöpfe öffneten sich unter seinen geschickten Fingern. Er streifte die Träger von Lauras Nachthemd von ihren Schultern, und seine Hände folgten dem feinen Stoff auf seinem Weg nach unten, wo er sich an ihren Füßen aufbauschte; doch er gab ihr keine Gelegenheit, herauszusteigen.

Er küsste ihren Nabel. Rutschte tiefer. Er küsste Stellen, die zu küssen Laura als nicht erlaubt erachtet hatte.

Sie trieb in einem Ozean von Gefühlen, die alle neu

und unerprobt und herrlich waren. Ihre Finger waren in seinen Haaren vergraben, umklammerten gedankenverloren seine seidigen Strähnen. Als seine Hände ihren Po nach vorn und sie noch näher an seinen liebkosenden Mund drückten, bog sie den Rücken nach hinten und entsprach seiner Bitte, ohne darüber nachzudenken.

Erst als er sie zärtlich auf das Bett zog und sich halb auf sie legte, kehrte ihr Verstand wieder zurück. Mit fast geschlossenen Augen begegnete sie seinem leidenschaftlichen Blick. Sein Atem ging unregelmäßig und wehte ihr wie eine warme Brise ins Gesicht.

»Ich will dich.«

Ohne den Blick von ihr zu wenden, öffnete er seinen Reißverschluss. Laura starrte ihn an mit der Faszination eines Kaninchens, das vor der Schlange steht. Dem Geräusch des Reißverschlusses folgte das Rascheln von Stoff an Haut, als er seine Hose abstreifte und von sich stieß. Er legte seinen harten Schenkel auf ihren.

»Mach dich bereit. Ich werde dich küssen, wie du es dir immer gewünscht hast.«

Seine Stimme war rau, tief, aggressiv.

Sein Mund legte sich fest, fast gewaltsam, auf ihren, doch sie erwartete ihn. Seine Zunge öffnete derb ihre Lippen, aber als er sie in ihren Mund schob, schlossen sich ihre Lippen um sie herum und saugten sie noch tiefer hinein. Ihre Fingernägel gruben sich in die nachgiebigen Muskeln seines Pos.

James zwängte sein Knie zwischen ihre Schenkel, stemmte den Körper über eine Seite von ihr, sodass sie das volle Ausmaß seiner Erregung spüren konnte, und rieb sich an ihrem Schenkel. Sehnsüchtige, gierige Laute entstiegen seiner behaarten Brust.

Er ließ von ihren rosigen, feuchten Lippen ab und senkte den Mund auf ihre Brüste. Seine glühenden

Küsse wurden nur von dem Wunsch geleitet, ihr ebenso viel Lust zu verschaffen, wie er sich von ihr nahm. Seine Zunge war wendig und verspielt; sie kam jeder seiner Launen nach und erfüllte alle ihre Fantasien.

Eine seiner Hände glitt an der Außenseite von Lauras Schenkel entlang zu ihrem Knie. Er hob es an und strich sanft an der sensiblen Unterseite wieder aufwärts, auf die Quelle des Begehrens zu, das sie verzehrte.

Sie reagierte heftig auf diese Berührung, aber auch wundervoll. Ihr Rücken wölbte sich hoch, und sie stieß einen lauten, ekstatischen Schrei aus. James' Atem raste; er konnte sich kaum mehr zurückhalten, sie sofort zu nehmen. Sein zitternder Finger umkreiste den Eingang ihrer Weiblichkeit. Laura seufzte qualvoll seinen Namen und umklammerte seine Schultern. Seine Finger erforschten sie. Streichelten die weiche, feuchte Innenseite. Drangen tiefer.

Einen Herzschlag später saß er auf dem Rand des Betts, den Kopf in die Hände gestützt und die Ellbogen auf die Knie. Er atmete schwer und erfüllte das romantische, wunderschöne Schlafzimmer mit einem verzweifelt klingenden Klagelaut.

Laura lag, einen Arm über die Augen gelegt, hilflos und verletzlich an seiner Seite und biss sich auf die Lippe, damit er sie nicht weinen hörte.

»Warum hast du mir das nicht gesagt?«

»Ich verstehe nicht. Was nicht gesagt?«

»Dass du noch Jungfrau bist.«

»Ich ...« Sie versuchte, sich durch Schlucken den Mund zu befeuchten, doch es half nichts. »Ich dachte, du weißt es.«

»Nein, ich wusste es nicht.«

Verärgert stand er auf und durchquerte mit einigen

langen Schritten den Raum. Sie erschrak und zuckte zusammen, so plötzlich sprang er vom Bett hoch. Er ging zu dem antiken Teewägelchen, das als Hausbar diente. Laura hatte gedacht, es würde zur gemütlichen Atmosphäre des Zimmers beitragen, ohne sich dabei vorzustellen, dass es tatsächlich eine Funktion erfüllen konnte; nun schenkte sich James großzügig Whiskey in ein Longdrinkglas ein und trank es in zwei Zügen aus.

Argwöhnisch seine Laune verfolgend, zog sie sich die Bettdecke bis unter das Kinn, um ihre Nacktheit zu verbergen. Ihre Brüste hatten leichte Kratzer von seinen Bartstoppeln davongetragen, und sie war sicher, dass man ihrem Mund die heftigen Küsse ansah. Davon abgesehen pulsierte ihr ganzer Körper von unbefriedigter Erregung.

»Macht es denn einen Unterschied, dass ich noch Jungfrau bin?«, fragte sie mit zitternder Stimme.

»Einen Unterschied?« Er wirbelte herum. »Ja, allerdings, das macht einen Unterschied!«

Für einen Moment war Laura von seinem Anblick gebannt. Bis auf die Unterhose völlig nackt, wirkte er wild, männlich und potent. Seine Leidenschaft war nicht vollständig verflogen, bemerkte sie, als sie an ihm hinabblickte.

Er war von oben bis unten braun gebrannt. Die Sommersonne hatte seine Körperbehaarung hellbraun gebleicht. Nur um seinen Nabel herum war sie dunkler und dichter.

»Warum?«

Der plötzliche und heftige Umschlag der Stimmung und der anscheinende Grund dafür verwirrte sie sichtlich.

Er fuhr sich durch die Haare und zerzauste sie noch mehr, als sie es bereits getan hatte. Dass er praktisch nichts anhatte, schien er ebenso wenig zu bemerken wie das Gefühlschaos, das er damit bei seiner Braut auslöste.

»Ist dir nicht klar, was für eine Verantwortung ein Mann auf sich nimmt, wenn er eine Frau entjungfert?«

Laura blickte mit großen, verständnislosen Augen zu ihm auf und schüttelte den Kopf. Er fluchte heftig und schenkte sich noch einmal kräftig nach, leerte das Glas mit einem Zug und stellte es so heftig auf dem Teewägelchen ab, dass die anderen Flaschen und Gläser klirrten. Dann ging er im Zimmer umher, blies sämtliche Kerzen aus und kam schließlich mit aggressiven, stolzen Schritten zum Bett zurück. Tiefe Falten zerfurchten seine Stirn; sein Mund war so mürrisch wie der eines Jungen, dessen Lieblingsdrachen sich eben in einem Baum verfangen hatte.

Die Hände in die Hüften gestemmt, baute er sich vor ihr auf.

»Hast du schon einmal einen nackten Mann gesehen?«

Laura schluckte schwer und schüttelte den Kopf.

»Nur in Zeitschriften.«

Er fluchte erneut, weniger laut, aber dafür deftiger.

»Na gut, dann mach dich darauf gefasst.«

Sie versuchte es, doch er gab ihr nicht viel Zeit. Aber es hätte ohnehin keinen großen Unterschied gemacht. Nichts hätte sie auf James vorbereiten können. Er war noch immer teilweise erregt, aber anstatt erschreckt zu sein oder sich abgewiesen zu fühlen, was er offenbar dachte, war sie fasziniert und erregt und neugierig – und entsetzlich enttäuscht, als er das Licht ausschaltete.

Sie spürte, wie die Matratze unter seinem Gewicht nachgab, als er sich neben sie legte. Er zog die Decke über sich und drehte Laura den Rücken zu.

Noch nie hatte sich Laura so zurückgewiesen gefühlt.

Steif lag sie da in der Dunkelheit und versuchte, das Bett nicht durch das Beben ihres Körpers beim Weinen zu erschüttern. Ströme von Tränen liefen über ihre Wangen. Sie konnte sich nicht zurückhalten und musste die Nase hochziehen.

James drehte sich um.

»Laura?«

Sie antwortete mit einem leisen Schluckauf und einem Seufzen, und er fluchte noch einmal, doch dann rutschte er zu ihr und schloss sie in die Arme.

»Nicht. Weine nicht. Ich bin nicht böse auf dich.«

»Ich dachte, Männer mögen es, wenn eine Frau noch unberührt ist. Ich hätte nie gedacht, dass dir das die Lust nimmt.«

Er war weit davon entfernt, die Lust verloren zu haben, doch das sagte er ihr nicht.

»Das hat nichts mit dir zu tun«, sagte er stattdessen und strich ihr sacht durch die Haare. »Ich habe einfach nicht damit gerechnet, dass ich der Typ sein würde, der Miss Laura Nolan entjungfert, das ist alles.«

»Mrs Laura Paden«, flüsterte sie in der Dunkelheit.

Er lächelte. Und auf die Gefahr hin, die Beherrschung über sich zu verlieren, beugte er sich über sie und küsste sie zärtlich auf die Schläfe.

7

James saß auf dem Steg, ließ die nackten Füße über dem Wasser baumeln und bedachte sich mit jedem Schimpfnamen, der ihm in den Sinn kam. Als er die ganze Liste durchhatte, begann er, Ausdrücke zu erfinden. Und als seine Fantasie versiegte, ging er dazu über, jede Sorte von Trottel aufzuzählen, der er sich zurechnete.

Er hatte letzte Nacht eine wunderschöne Frau im Bett gehabt. Nackt und willig. Eine wunderschöne, nackte und willige Frau, die auch noch seine Ehefrau war. Aber er, Idiot, der er war, er hatte sie nicht geliebt. Zum ersten Mal seit dem Verlust seiner Unschuld im zarten Alter von dreizehn durch eine erfahrene Achtzehnjährige, die den ersten Schritt getan hatte, war James Paden nicht imstande gewesen, mit einer Frau zu schlafen.

Nicht physisch. Oh nein, physisch ganz und gar nicht. Körperlich war er intakt. Er war nachts mehrmals aufgewacht, bereit und voller Verlangen bis zur Schmerzgrenze. Laura neben ihm hatte geschlafen. Er konnte sie riechen, ihre Wärme spüren, ihr leises Atmen hören.

Bei Tagesanbruch war er, angeekelt von und wütend auf sich selbst, aufgestanden und hatte sich aus dem Zimmer geschlichen, ohne seine Frau zu wecken. Nur mit einer kurzen Hose bekleidet, die er lautlos aus der Spiegelkommode genommen hatte, ging er nach draußen.

Der Morgen war feucht und still. Der Duft von Gardenien und Geißblatt, die wild in den Wäldern um Indigo Place wuchsen, erfüllte die schwüle Luft. Die ersten

Strahlen drangen durch den Dunst über dem St.-Gregory-Sund, den die Sonne noch nicht vertrieben hatte.

Warum?, fragte er sich. Warum hatte es ihn so abgeschreckt, dass sie unberührt war? Er hatte sich die Frage wieder und wieder gestellt und war schließlich zu einigen Schlussfolgerungen gekommen.

Erstens hatte er noch nie zuvor eine Jungfrau gehabt, aus eben dem Grund, den er Laura gestern Abend genannt hatte – er war nie bereit gewesen, diese Verantwortung auf sich zu nehmen. Seltsam, dass ein Schürzenjäger wie er diesbezüglich Skrupel hatte, aber so war es einfach.

Den schlechten oder auch nur fragwürdigen Ruf einer Frau weiter zu verschlechtern, hatte ihm nichts ausgemacht. Wenn es um das erste Mal ging, verspürte er jedoch Hemmungen. Auch auf die Vorstellung, jemandem Schmerz zuzufügen, reagierte er sehr empfindlich. Sex war für ihn stets reines Vergnügen gewesen ... immer. Er hasste die Vorstellung, seine Partnerin könnte daraus nicht ebensoviel Befriedigung ziehen.

Aber sie ist deine Frau!, tadelte er sich selbst.

Trotzdem, Laura Nolans erster Liebhaber zu sein, brachte eine gewaltige Verantwortung mit sich. Und er war sich nicht sicher, ob er ihr gerecht werden konnte. Es ärgerte ihn, dass er sich ihr gegenüber minderwertig fühlte, doch er musste einräumen, dass eben dies der ausschlaggebende Grund für sein Zögern war.

Wenn man lange genug als »Abschaum« abgestempelt wurde, glaubte man irgendwann selbst, dass es womöglich stimmte. Laura und er waren gegensätzlich, wie man gegensätzlicher nicht sein konnte. In den Augen der Welt passten sie absolut nicht zusammen. Sie entstammte einer der vornehmsten Familien von Georgia. Und er war Pöbel. Tief in ihm wurzelte die Vorstellung, dass er für sie *nicht gut genug* war.

Er fluchte, stieß einen Fuß ins Wasser, dass es spritzte, und stand auf. Mit hängenden Schultern stapfte er den Anleger entlang zum Ufer zurück.

Hatte er der Welt nicht bewiesen, dass es möglich war, die Schranken seiner Herkunft zu überwinden, wenn man es nur wollte? Hatten sein Reichtum und sein Ruhm ihm nicht die Türen der prominentesten Familien des Südens geöffnet? Was zum Teufel versuchte er also diesen Landpomeranzen von Gregory zu beweisen?

Er hatte seine Vergangenheit wettgemacht, er hatte sie hinter sich gelassen, sich davon getrennt. Er bekannte sich nicht einmal zu seiner Mutter, abgesehen davon, dass er ihr jeden Monat eine großzügige Summe zukommen ließ. Wieso sollte er sich irgendjemandem gegenüber minderwertig fühlen?

Und doch hatte es ihm eine Heidenangst eingejagt, als Laura so vertrauensvoll zu ihm aufgeblickt hatte.

Denn außer seinem Minderwertigkeitskomplex trug er auch noch ein Schuldgefühl mit sich herum. Er wollte nicht, dass sie erfuhr, warum er nach Gregory zurückgekommen war; nicht nur in der Absicht Indigo Place zu kaufen, sondern auch, um sie zu heiraten. Sein scheinbar spontaner Heiratsantrag war sorgfältig geplant gewesen.

Sie war Indigo Place Nummer 22. Beides gehörte zusammen, und er hatte beides gewollt. Laura und ihr Heim, ihre Adresse, repräsentierten alles, was er immer gewollt hatte und nie haben konnte ... bis jetzt.

Als seine angeheuerten Spürnasen ihm zutrugen, dass Indigo Place Nummer 22 zum Verkauf stand, hatte er seine Umzugspläne sofort in Angriff genommen. Der Zeitpunkt hätte nicht besser passen können. Mandy sollte nach den Sommerferien in den Kindergarten kommen. Er hatte so schnell wie möglich sein Haus in

Atlanta samt Inventar losgeschlagen, den Verkauf seiner Firma besiegelt und sich darauf vorbereitet, wieder in Gregory Fuß zu fassen. In Indigo Place zu wohnen, mit Laura Nolan als seiner Frau, würde ihm alle Türen öffnen, die ihm bislang verschlossen gewesen waren.

Aber, dachte er nun, während er seinen entschlossenen Schritt Richtung Haus verlangsamte, Laura Nolan hatte sich nicht als das erwiesen, was er erwartet hatte. Sie war auf ihre eigene, kultivierte Art so hübsch wie früher. Ihr Aussehen und ihr Benehmen waren noch immer untadelig, und sie strahlte nach wie vor das gewisse Etwas aus. Sie war ganz ohne Frage eine Lady.

Doch sie war auch eine Frau, und damit hatte er nicht gerechnet. Er hatte sich vorgestellt, sie zur Heirat zu überreden, die Ehe zu vollziehen und dann eine würde- und verantwortungsvolle Beziehung mit ihr zu führen; vorteilhaft für beide Partner, ohne Eingriffe in ihr jeweiliges Privatleben. Er hatte sich vorgestellt, sich außerhalb der Stadt eine Geliebte zuzulegen, eine gefügige Frau, die all seine Gelüste befriedigen würde, die seine Gattin unfein und abstoßend fand.

Die Entdeckung, dass das zimperliche, brave Mädchen seiner Erinnerung ebenfalls Lust empfand, war für James ein echter Schock gewesen. Unter ihrem kühlen Äußeren glomm ein Feuer, das nur darauf wartete, dass der richtige Mann kam und es entfachte. Laura hatte ihn von jeglichen Gedanken an eine Geliebte oder sonstige außereheliche Affären befreit. Wenn jemand seine Lust befriedigen sollte, dann nur seine Frau.

In den Tagen vor ihrer Trauung hatte er wesentlich mehr an die Hochzeitsnacht gedacht als daran, dass sein Ziel nun in Reichweite war. Laura als Teil seines Lebens war ihm wichtiger geworden als ihr gesellschaftlicher Status. Seine Aufregung über die Heirat hatte ihn beunruhigt. Es machte ihm geradezu Angst, dass sie sich als eine liebenswerte Frau erwies und nicht als dekorative Trophäe, als Beweis seines Erfolgs.

Bisher war es ihm nur bei Mandy wichtig gewesen, dass sie ihn mochte. Von Laura wünschte er sich, dass sie ihn liebte.

»Daddy«, rief Mandy von der Hintertür, »Gladys sagt, wenn du nicht in zwei Sekunden da bist, ist dein Frühstück kalt!«

Er winkte seiner Tochter zu und joggte die restliche Strecke zum Haus. Während er auf dem Bootssteg gesessen und gegrübelt hatte, waren Gladys und Bo bereits mit ihren morgendlichen Arbeiten beschäftigt gewesen. Bo bearbeitete den Boden in den Azaleenbeeten. In der Luft lag ein feiner Duft von Frühstücksspeck.

Als er ins Haus trat, reichte ihm Mandy ein frisches T-Shirt. Er wünschte ihr herzlich einen guten Morgen, und sie setzten sich zusammen an den Tisch, den Gladys sehr reich gedeckt hatte.

»Wenn Sie fertig sind, mache ich Ihnen ein Tablett zurecht, das Sie Laura bringen können«, sagte die Haushälterin, während sie ihm Kaffee nachschenkte. »Ich schätze, sie ist zu müde, um heute Morgen zum Frühstück herunterzukommen.«

Gladys blinzelte ihm mit einem breiten Grinsen zu. James lächelte matt auf seinen Teller mit Pfannkuchen.

Sie machte ihr Versprechen wahr und richtete ein Tablett für Laura her.

»Kann ich mitkommen und sie aufwecken, Daddy?«, fragte Mandy, als James damit die Küche verließ.

»Nein, meine Süße, du bleibst hier bei mir. Ich brauche vielleicht deine Hilfe«, sagte Gladys.

»Schon gut, Gladys.« James fand es ganz gut, wenn Mandy als eine Art Puffer zwischen ihm und seiner unberührten Braut fungierte. »Laura konnte gestern nicht viel Zeit mit Mandy verbringen. Es macht ihr sicher nichts aus, wenn sie mitkommt.«

Mandy stapfte vor ihm die Treppe hinauf, doch an der Tür zum Schlafzimmer hielt er sie zurück.

»Lass mich zuerst reingehen«, schlug er ihr vor im Gedanken daran, wie Laura dagelegen hatte, als er aufstand – ein nacktes Bein war entblößt gewesen, und die rosige Spitze einer Brust hatte unter der Decke hervorgelugt. »Du bleibst hier und passt auf das Tablett auf, bis ich dich rufe.«

Mandy war enttäuscht, doch sie gehorchte. Er stellte das schwere Tablett auf einem Tisch im Flur ab. Dann öffnete er vorsichtig die Tür, schlich in den halbdunklen Raum und zog erst einmal die Jalousien hoch, um die Sonne hereinzulassen.

Er hob Lauras Morgenmantel und ihr Nachthemd auf, die in seinen großen Händen lediglich wie ein Hauch von Stoff und Spitzen wirkten, und brachte die Sachen in das Ankleidezimmer. Dort wählte er einen ihrer schlichteren Morgenmäntel aus und brachte ihn mit zum Bett zurück.

Er setzte sich auf die Kante. Schlafend sah Laura unschuldig und sehr, sehr jung aus. Ihr braunes, von der Sonne aufgehelltes Haar lag in wirren Strähnen um ihren Kopf und hing verlockend über das Kissen. Er konnte der Versuchung nicht widerstehen, es zu berühren und eine Strähne zwischen den Fingern zu reiben. Sein Blick folgte den Linien ihres schlanken Körpers, der sich unter der dünnen Decke abzeichnete. Die bloßen Schultern schauten heraus, weich und glatt wie die Blütenblätter einer Magnolie, und auch ebenso fein duftend, wie er inzwischen wusste.

Der spitzenbesetzte Rand der Bettdecke spielte noch

immer mit ihrer Brustwarze, rosig und von schläfriger Wärme erregt mit jedem Atemzug, den sie tat. Dieser kleine Flirt hatte sie ein wenig aufgerichtet. James spürte sofort ein eigenartig leeres Gefühl im Bauch, obwohl er eben erst gegessen hatte.

»Laura.«

Ihr Name kam ihm so leicht über die Lippen. Bis jetzt hatte er nicht gewusst, dass Laura einer seiner Lieblingsnamen war.

»Laura.«

Er wiederholte ihn ebenso sehr um des Vergnügens willen, ihn auszusprechen, als auch, um sie aufzuwecken.

Sie hob schläfrig die Lider an. »Hmmm?«

»Du hast eine sehr ungeduldige Stieftochter, die draußen darauf wartet, dir einen guten Morgen wünschen zu dürfen.«

Sie öffnete die Augen weiter. Was sie als Erstes erblickte, ließ sie hellwach werden. James' Schoß. Bedeckt von eng sitzendem, weichem Baumwollstoff, der sein Geschlecht deutlich hervortreten ließ.

Sie strich die Haare aus dem Gesicht und setzte sich auf, die Decke mit sich hochziehend.

»Guten Morgen.«

»Hallo.«

Laura fragte sich, ob sein Sexappeal Absicht oder einfach naturgegeben war. Gehörte er ebenso zu ihm wie seine grünen Augen oder die volle Unterlippe?

Er strahlte immer eine unverstellte Männlichkeit aus, die auszudrücken schien, dass er entweder an Sex dachte oder Sex wollte oder sich gerade an Sex erinnerte. Es machte keinen Unterschied, ob er Anzug und Krawatte trug oder Shorts und ein T-Shirt oder ob er nackt war. Er erinnerte immer irgendwie an ein Raubtier auf Beutezug, aber eines, das sicher war, Beute zu machen und niederzustrecken. Er hatte eine Ruhelosigkeit in sich, die jede Frau anrührte und in ihr den Wunsch erweckte, diejenige zu sein, die diesen ewigen Hunger in ihm endlich stillte.

»Hunger?«

Laura blickte ihn an. Hatte er ihre Gedanken gelesen?

»Ja. Ich glaube schon.«

»Gut. Gladys hat dir ein Frühstück gemacht, das für einen Holzfäller ausreichend wäre. Macht es dir etwas aus, wenn Mandy und ich dich besuchen, während du frühstückst?«

»Nein, das würde mir gefallen.«

»Dann hole ich sie herein. Aber vielleicht möchtest du erst das hier anziehen.« Er bot ihr den Morgenmantel an.

Da sie keine andere Wahl hatte, ließ Laura die Decke los. Sie fiel bis auf ihre Taille und entblößte ihre Brüste.

James half ihr, in den Morgenmantel zu schlüpfen, doch als sie automatisch nach den Knöpfen griff, schob er ihre Hände beiseite.

Langsam knöpfte er ihr den Morgenmantel zu und zog sorgfältig das Band durch die Schlaufen unterhalb ihrer Brüste. Seine Knöchel drückten in die weichen Wölbungen; sie taten beide so, als würden sie es nicht bemerken.

Als er fertig war, lehnte er sich zurück und betrachtete sie zufrieden. Er klemmte noch eine lose Haarsträhne hinter ihr Ohr.

»So, perfekt.«

Dann, weil er einfach nicht widerstehen konnte, legte er eine Hand um eine Brust, hob sie an, bis sie über ihren sittsamen Ausschnitt lugte, und drückte einen sehnsuchtsvollen Kuss darauf.

Laura war von dieser zarten Geste so überwältigt, dass sie kaum sprechen konnte, als James Augenblicke später die Tür öffnete und Mandy hereingestürmt kam. Sie sprang mitten auf das Bett und begrüßte Laura mit einem enthusiastischen Kuss.

»Hat Daddy hier geschlafen?«, fragte sie und schüttelte das zusätzliche Kissen neben Laura auf.

»Ja«, antwortete Laura mit einem nervösen Blick auf James, der das Frühstückstablett über ihren Schoß platzierte.

»Wie im Fernsehen«, kommentierte Mandy mit einem strahlenden Lächeln.

»Im Fernsehen?« Laura nippte an dem Kaffee, den James ihr eingeschenkt hatte, bevor er sich wieder auf die Bettkante gesetzt hatte, seine Hüfte an ihre gedrückt.

»Im Fernsehen ist immer eine Mami und ein Daddy, und sie schlafen im selben Bett. Aber ich hatte keine Mami, deshalb musste mein Daddy allein schlafen. Aber jetzt nicht mehr. Ich bin froh, dass du jetzt meine Mami bist.«

Laura stellte ihre Tasse ab. Ihre Gefühle drohten sie zu ersticken, sie konnte nicht schlucken.

»Das bin ich auch, Mandy.«

Sie streckte der Kleinen die Arme entgegen, und Mandy kam zu ihr und umarmte sie fest.

Über den Kopf des Kindes hinweg blickte sie zu James. Er küsste seinen Finger und legte den Kuss auf Lauras weiche Lippen.

In den folgenden Tagen verfielen sie in eine Art Routine. Morgens und am frühen Nachmittag pflegte James häufig zu telefonieren. Laura vermutete, er sei dabei, sein Versprechen umzusetzen: eine interessante Möglichkeit zu finden, um seine nächste Million zu verdienen.

Schon als Jugendlicher war er bei aller Wildheit niemals unbeholfen oder träge gewesen.

Einige seiner Investitionsideen diskutierte er mit Laura. Sein Ehrgeiz erstaunte sie. Er ließ sich durch nichts einschüchtern, räumte links und rechts ständig Hindernisse aus dem Weg und verwirklichte die ausgefallensten Ideen. Die Korrespondenz, die er von anerkannten Industriellen aus dem ganzen Land erhielt, zeigte, dass sie nicht der einzige Mensch war, der seine Ideen für umsetzungsfähig und praktikabel hielt.

Sie fuhren häufig in die Stadt. Laura überwand ihre Scheu, mit James gesehen zu werden, und gewöhnte sich daran, die Rolle von Mandys Mutter zu übernehmen. Sie sonnte sich in der Vorstellung, ein Teil der Familie zu sein. Die anerkennenden Blicke, die James trafen, registrierte sie sehr wohl. Insgeheim genoss sie es fast selbstgefällig, die Frau an seiner Seite zu sein.

Die Menschen begegneten ihnen herzlich, aber dennoch war James gesellschaftlich nicht voll akzeptiert. Alle bewunderten seinen Reichtum, doch niemand war wirklich bereit, ihn tatsächlich in seinen Kreis aufzunehmen. Laura wusste, dass ihn das sehr bedrückte, auch wenn er nie davon sprach. Dabei ging es ihm allerdings mehr um Mandy als um seine eigene Person.

»James«, begann sie eines Abends.

Sie saßen auf der vorderen Veranda. Mandy war eingeschlafen, den Kopf in Lauras Schoß. Sie hatte ihr zuvor eine Geschichte vorgelesen. James blätterte im »Wallstreet Journal«.

»Hmmm?«

»Warum geben wir nicht mal eine Party?«

Er senkte seine Zeitung. »Eine Party?«

»Es ist eine ganze Weile her, dass in Indigo Place

Nummer 22 das letzte Mal eine Party stattfand – das war lange vor Vaters Tod.«

»Was stellst du dir denn vor?«

Eine beinahe feindselige Schroffheit schwang in seiner Frage mit, doch sie merkte, dass er interessiert war.

»Ach, etwas ganz Zwangloses mit einer Menge Leuten und Livemusik. Solange es draußen noch warm genug ist. Wir könnten alle Türen aufmachen, damit die Gäste im Garten spazieren gehen können. Vielleicht Lampions in den Bäumen und den Bootssteg entlang aufhängen. Gladys und Bo fänden es toll, das Haus und alles darum herum herzuzeigen, seit du so viele Verbesserungen durchgeführt hast. Was meinst du?«

Er legte die Zeitung beiseite und blickte Laura lange an. »Wäre das eine Party einfach nur zum Spaß, oder hast du dabei etwas Bestimmtes im Auge?«

»Was sollte ich denn im Auge haben?«

»Es wäre so etwas wie eine Vorstellungsparty für Mandy und mich, habe ich recht?«

Laura begegnete fest dem Blick ihres Gatten. Sie waren nun seit sieben Wochen verheiratet, aber noch immer war sie nur dem Namen nach seine Ehefrau. Sie wusste, dass er sie begehrte. Oft erwischte sie ihn dabei, wie er sie sehnsüchtig anstarrte – mit unverholener Lust. Das Verlangen, das er nicht verbergen konnte, verstärkte ihr eigenes. Tagsüber kamen sie gut miteinander aus; es fehlte ihnen nie ein interessantes Thema, über das sie sich unterhalten konnten. Und bei den meisten ihrer Gespräche lachten sie gern und viel.

Aber jede Nacht, wenn sie ihr Schlafzimmer betraten, wurden aus ihnen zwei andere Menschen, denen unbehaglich war, wenn sie allein zusammen waren. Es entstand eine unerträgliche Spannung. Sie entkleideten sich stumm, legten sich ins Bett und starrten einander an. Immer im Dunkeln. Er liebkoste sie, jedoch ohne eine erogene Stelle zu berühren. Manchmal küsste er sie, aber nie lange und nie mit Leidenschaft.

Lauras Nerven waren ständig zum Zerreißen gespannt. Ein stetiges Jucken plagte sie, alles Kratzen half nichts. Sie fühlte sich aufgezogen wie eine Sprungfeder und musste sich ständig beherrschen, um nicht zu zerspringen.

Sie wollte, dass ihr Mann sie nahm. Schlicht und einfach. Sie wollte die harte, fordernde Kraft seines Körpers spüren. Warum er sie nicht liebte, war ihr ein Rätsel. Mit Sicherheit wollte er nicht, dass sie ewig Jungfrau blieb. Aber inzwischen hätte er sich an diesen Gedanken gewöhnen und versuchen können, damit fertig zu werden. Vielleicht hoffte er auf ein Zeichen der Ermutigung von ihr? War das die Gelegenheit, auf die sie gewartet hatte, um ihn ihr dringendes Verlangen wissen zu lassen?

Sie warf die Haare zurück und sagte mit einem kühnen Blick auf ihn: »Ich bin stolz auf dich und Mandy. Ich möchte euch meinen Freunden zeigen. Ich möchte, dass die ganze Stadt weiß, wie sehr ich mich darüber freue, deine Frau zu sein.«

Damit sie nicht sah, wie ihre Erklärung auf ihn wirkte, stand James abrupt auf und trat ans Fenster, Laura den Rücken zugewandt.

Am liebsten hätte er gesagt: »Das würdest du für mich tun? Warum?« Und er stellte sich vor, dass sie darauf antwortete: »Weil ich dich liebe.«

Aber er war nun einmal Realist. Das hatte das Leben ihn gelehrt. Er hatte Angst davor, in seinem Verhältnis zu Laura eine Entscheidung zu erzwingen, weil er sich seiner Gefühle für sie noch nicht im Klaren war.

Was, wenn er sie am Ende missverstand? Am Ende freute sie sich nur, seine Frau zu sein, weil sie über ein unbegrenztes Bankkonto verfügen konnte.

Sicher, sie verschwendete kein Geld, ja, sie hatte sogar das Scheckheft, das er ihr gab, nur zögernd angenommen. Aber er hatte in seinem Leben genug mit Frauen zu tun gehabt, die ganz gern etwas geflissentlich übersahen, um aufrichtig erscheinenden Motiven zu misstrauen. Tatsache war nun einmal, dass er Laura Nolan aus der Patsche geholfen hatte. Vielleicht war das, was er jedes Mal, wenn sie ihn anblickte, in ihren schönen blauen Augen sah, nichts als Dankbarkeit.

Und Dankbarkeit, das war das Letzte, was er von ihr wollte. Welcher Mann mit Mut und Intelligenz wollte von einer schönen, reizvollen und aufregenden Frau schon Dankbarkeit? Er bestimmt nicht! Und deshalb fiel seine Antwort im Klang wesentlich ärgerlicher aus, als es seine Absicht war.

»Na schön. Was immer du willst.«

Entmutigt durch seinen Mangel an Begeisterung für ihre Idee, entschuldigte sich Laura und brachte Mandy nach oben. Als James an diesem Abend zu ihr ins Bett kam, wandte er sich von ihr ab.

Es gab keine Zärtlichkeit. Keine Küsse. Nicht einmal im Dunkeln.

Dickköpfig setzte Laura ihre Pläne für die Party in die Tat um. Am nächsten Morgen bestellte sie die Einladungskarten. Eine Woche darauf, sie saß gerade mit der Gästeliste beschäftigt im Wohnzimmer, kam mit schweren Tritten seiner Stiefel James herein.

Die Hände auf die Lehne ihres Stuhls gestützt, las er ihre Besorgungsliste. Daneben hatte sie eine zweite Spalte mit den jeweiligen Preisen hinzugefügt.

»Du brauchst nicht zu knausern«, bemerkte er. »Wir machen das, wie es sich gehört, und zeigen diesen versnobten Leuten von Gregory, was Sache ist.«

»Bist du wirklich sicher, dass du mir völlig freie Hand lassen willst?«, fragte sie scherzend. »Ich habe einen teuren Geschmack.«

Er küsste sie sanft auf die Nasenspitze und dann auf den Mund.

»Dein teurer Geschmack ist eines der Dinge, die ich an dir am meisten mag.«

Als er mit seinem einschmeichelnden Lächeln aufwartete, schmolz sie dahin; ihr Herz begann heftig zu schlagen.

»Hast du einen Augenblick Zeit?«

»Ja.«

Ihre Stimme hatte einen dunklen Unterton. Laura hoffte, er werde ihr vorschlagen, mit ihm nach oben und ins Bett zu gehen. Stattdessen ergriff er ihre Hand.

»Komm mit nach draußen. Ich muss dir etwas zeigen.«

Ihre Enttäuschung verbergend, ließ sie sich zur Haustür führen, die er schwungvoll öffnete. Seine grünen Augen blitzten schelmisch.

Als Laura durch die Tür trat, blieb ihr vor Staunen der Mund offen stehen. Drei Pferdetransporter standen hintereinander in der Auffahrt. Sie erkannte die Tiere, die gerade ausgeladen wurden.

»Das sind … das ist …« Tränen stiegen ihr in die Augen.

»Ich dachte mir, dass du sie wiedererkennst.«

»Oh, James!« Sie drehte sich zu ihm um. »Wie hast du sie gefunden?«

»Verbindungen«, antwortete er mit einem trägen, selbstgefälligen Lächeln.

»James.«

Sie warf sich ihm an die Brust, schlang die Arme um seinen Hals, vergrub das Gesicht unter seinem Kinn und drückte ihn fest.

»Danke«, flüsterte sie; dann rannte sie die Treppe hinunter, um ihre Lieblinge zu begrüßen, die vor Monaten verkauft worden waren.

Es wäre schwierig gewesen, zu entscheiden, wer an diesem Morgen aufgeregter war, Laura oder Mandy, die die überglückliche Besitzerin eines Ponys wurde. Die Tiere wurden in die Ställe gebracht, die Bo bereits in aller Heimlichkeit hergerichtet hatte. Mandy bekam einen Sattel und ihre erste Reitstunde von Laura. Nur das Versprechen, dass sie auch am nächsten Tag wieder reiten durfte, brachte sie rechtzeitig aus dem Stall, damit sie vor dem Essen noch ein Bad nehmen konnte.

Laura striegelte gerade ihr Lieblingspferd, als James sich zu ihr in die schattige Scheune gesellte.

»Vielen Dank noch einmal«, sagte sie.

»Wie du mir vorhin gedankt hast, das hat mir besser gefallen.«

Er lehnte mit einem angewinkelten Knie an einem Pfosten. In seinem Blick lag die übliche leichte Anmaßung, doch Laura erkannte die Herausforderung darin. Sie ließ ihren Striegel fallen und baute sich direkt vor James auf.

»Du meinst, so?« Sie legte die Arme um seinen Hals.

»Mhm.« Er umfasste ihre Taille.

»Warum hast du's getan?«

»Was, die Pferde zurückgekauft?«

Als sie nickte, fuhr er fort: »Aus zwei Gründen. Ich dachte, ich könnte damit ein paar Punkte bei dir machen.«

»Hast du. Und was ist der zweite Grund?«

»Mir gefällt, was dein süßer kleiner Hintern mit einer

ganz ordinären Bluejeans macht.« Er ließ die Hände in ihre Gesäßtaschen gleiten und drückte sie an sich, bis ihre und seine Vorderseite sich fest aneinanderschmiegten.

»Allerbesten Dank, Sir, aber was hat das zu tun mit ...«

»Wenn du reitest, trägst du Jeans.«

»Hm, ich beginne zu verstehen.«

»Drück dich noch einmal so an mich, Baby, dann verstehst du mich noch besser.«

Er brachte die Worte gerade noch heraus, und schon legte sich sein Mund auf ihre Lippen zu einem deftigen Kuss. Doch leider wurden sie unterbrochen, bevor er sich weiter entwickeln konnte.

»Entschuldigen Sie, James, aber da ist ein Ferngespräch für Sie.« Den Hut in der Hand, erschien Bo in der Tür.

James gab leise ein paar Obszönitäten von sich und schritt steif aus dem Stall.

Danach wurde die Situation zwischen ihnen eher angespannter anstatt umgekehrt.

An jenem Abend hatte Laura sicher damit gerechnet, dass er mit ihr schlafen würde, und sich geistig und gefühlsmäßig darauf vorbereitet. Sie verbrachte eine volle Stunde im Ankleidezimmer und im Bad, bevor sie in ihr duftendes Bett schlüpfte.

Doch lange, nachdem sie sich hingelegt hatte, telefonierte James immer noch. Sie fühlte sich gedemütigt und zurückgewiesen. Als er dann endlich kam, kochte sie innerlich vor Wut.

»Musst du einen solchen Krach machen, wenn du nach oben kommst?«, fiel sie über ihn her, sobald er die Tür zum Schlafzimmer geschlossen hatte. »Shermans Truppen haben auf ihrem Marsch durch Georgia keinen solchen Radau veranstaltet.«

James hatte sein ganzes Adressbuch durchtelefoniert und dabei versucht zu entscheiden, ob er die Finesse besaß, das feine Geschick, eine Jungfrau lieben zu können. Er wusste, dass Laura bezüglich seines Rufes als Liebhaber große Erwartungen hegte. Und er war, um es milde auszudrücken, sehr empfindlich. Er rechnete mit einem ruhigen, klaren Blick und einer sanften Berührung, stattdessen wurde er mit einem Anpfiff empfangen. Und deshalb reagierte er beleidigt.

»Tut mir ausgesprochen leid, Madam, Ihren Schönheitsschlaf gestört zu haben.«

Laura warf sich wieder auf ihr Kissen. Die Unstimmigkeit zwischen ihnen war spürbar, als er ins Bett stieg. Es unterblieben nicht nur jegliche Zärtlichkeiten, sie wünschten sich nicht einmal eine gute Nacht, obwohl sie beide noch lange wach lagen.

Am nächsten Tag flammten die Gemüter mehrmals hoch. Wenn sie sich beide in einem Raum aufhielten, war die Atmosphäre im Haus so geladen, dass Laura schließlich entschied, es sei besser, wenn sie sich für eine Zeit lang aus dem Weg gingen. Sie erbot sich, für Gladys ein paar Besorgungen zu erledigen, und nahm Mandy als Begleitung mit.

Das Haushaltswarengeschäft stand zuletzt auf der Liste. Auf dem Weg dorthin kamen sie an dem Haus vorbei, in dem Leona Paden wohnte. Laura fuhr spontan in die schmale Einfahrt hinein und parkte hinter einem älteren Kleinwagen.

»Wohin gehen wir, Mami?«, fragte Mandy.

Dass Mandy sie mit der größten Selbstverständlichkeit als »Mami« bezeichnete, zauberte jedes Mal ein freudiges Lächeln in Lauras Gesicht.

»Wir besuchen jemanden. Du benimmst dich jetzt bitte ganz, ganz gut, ja?«

Laura hatte Schmetterlinge im Bauch, als sie aus dem Wagen stiegen. Was sie vorhatte, war riskant. Das, worauf sie sich nun einließ, ging sie eigentlich nichts an. Doch dass James die Existenz seiner Mutter völlig ignorierte, bereitete ihr große Sorge. Sie wollte versuchen, das zu ändern, falls es irgendwie möglich war.

Mrs Paden wohnte in einem kleinen, aber sauberen und gepflegten Backsteinhaus. Der vordere Gehsteig war von Immergrün gesäumt. Mit Mandy an der Hand klingelte Laura an der Haustür, und gleich darauf öffnete James' Mutter. Die Verblüffung, die ihr ins Gesicht geschrieben stand, war sicher nicht gespielt.

Erst nach einem Augenblick hilflosen Schweigens sagte sie: »Sie sind Laura Nolan, nicht wahr?«

»Hallo, Mrs Paden. Ich wusste nicht, ob Sie sich an mich erinnern würden oder nicht."

»Sie sind mit James verheiratet.«

»Ja.«

»Ich hab's in der Zeitung gelesen. Möchten Sie nicht hereinkommen?«

Ihre Gastfreundschaft wirkte fast wie eine Geste der Entschuldigung; Lauras Herz öffnete sich unvermittelt der Frau, die in ihrem Leben schrecklich gelitten haben musste.

»Ja, ich würde Sie sehr gern für einen Augenblick besuchen. Wenn wir Ihnen nicht ungelegen kommen.«

»Oh nein, wirklich nicht.«

Mrs Paden öffnete das Fliegengitter vor der Haustür und bat Laura und Mandy in ihr Wohnzimmer. Dann blickte sie auf das Kind und reichte ihm die Hand, zog sie aber im letzten Augenblick unwillkürlich zurück.

»Ist das ...«

Ein Beben lief durch ihren ganzen Körper; sie konnte ihre Frage nicht beenden.

Laura beantwortete sie. »Das ist Mandy.« Sie gab der Kleinen einen sanften Schubs.

Das wäre jedoch gar nicht nötig gewesen. Mandys entzückendes Wesen brach sofort durch.

»Hallo. Ich bin Mandy Paden, und das ist Annmarie.« Sie hielt die Puppe hoch, die stets sich in ihrer Nähe befand. »Annmarie ist meine beste Freundin. Außer Mami und Daddy. Kennst du meinen Daddy?«

Was folgte, war eine der herzzerreißendsten Stunden, die Laura je erlebt hatte.

Sie wusste praktisch nie, ob sie über Mandys freimütiges Geplapper lächeln oder wegen Mrs Padens sichtlicher Gier nach jedem Wort des Kindes weinen sollte.

Als sie sich verabschiedeten, umarmte sie die Frau.

»Wir kommen bald wieder«, versprach sie Mrs Paden.

Mandy redete auf dem Heimweg die ganze Zeit über ihre neue Freundin. Beim Einbiegen in die Auffahrt sagte Laura: »Hör mal, Mandy, dieser Besuch, den wir heute Nachmittag gemacht haben, bleibt ein ...«

»Da ist Daddy!«

Noch ehe sie Mandy bitten konnte, ihren Besuch bei Mrs Paden geheim zu halten, rannte Mandy bereits James entgegen, der gerade die Treppe herunterkam. Er schloss sie in die Arme und schwang sie hoch über den Kopf; sie quiekte vor Vergnügen.

Als Laura die beiden erreichte, war Mandy bereits munter am Erzählen.

»Und sie wohnt in einem schönen Haus, aber nicht so groß und schön wie Indigo Place. Ihre Haare sind so weiß und braun gemischt, und ihre Augen sind so grün wie deine und meine, aber mit mehr Falten darum. Sie sagte, ich darf Omi zu ihr sagen, wenn ich möchte, und dann hat sie mir Kekse geschenkt. Aus einer Schachtel, aber sie hat gesagt, das nächste Mal, wenn ich komme, backt sie selbst welche. Und auf ihrem Fernseher steht ein Bild von dir, auf dem siehst du ganz lustig aus. Ich glaube, das war, bevor du dir einen Bart hast wachsen lassen. Sie war sehr lieb, aber ich glaube, sie ist auch ein bisschen traurig, weil – manchmal, wenn sie mich ansah, dachte ich, jetzt wird sie gleich weinen. Und sie sagte, sie kann nähen, und sie näht mir und Annmarie das gleiche Kleid. Und ...«

Als Mandy mit der intuitiven Wahrnehmung eines Kindes merkte, dass ihr Daddy ihren Enthusiasmus für ihre neue Freundin nicht teilte, ließ auch ihre Begeisterung nach. Er zeigte sogar einen Gesichtsausdruck, der ihr neu war und sie am ehesten an die bösen Männer im Fernsehen erinnerte.

»Gladys hat dir ein feines Essen gekocht«, sagte er, während er sie ins Haus trug. »Sie wird sich ärgern, wenn wir deine Hühnersuppe kalt werden lassen.«

Er brachte seine Tochter an den für drei Personen gedeckten Küchentisch. Gladys' Lächeln zu ihrer Begrüßung verschwand, als sie Lauras gequälte Miene bemerkte.

Dass James kurz davor war zu explodieren, wurde sehr bald deutlich.

»Gladys, wenn Mandy mit dem Essen fertig ist«, erklärte er kurz und bündig, »sorgst du bitte dafür, dass sie ein wenig schläft. Sie hat einen anstrengenden Vormittag gehabt.«

»Wollen Sie denn nichts essen?«, fragte Gladys mit mehr Mut, als Laura in diesem Augenblick aufgebracht hätte.

»Nein. Laura, ich möchte, dass du mit mir nach oben kommst.«

Damit es über diesen Punkt gar nicht erst zu einem Wortgefecht kam, ergriff er sie am Handgelenk und zog sie praktisch den ganzen Weg bis zum großen Schlafzimmer mit sich.

Sie hatten kaum den Raum betreten, als er sie wütend anfuhr: »Ich möchte wissen, was zum Teufel du dir dabei denkst, sie mit meiner Tochter zu besuchen!«

»Schrei mich nicht so an.«

»Antworte mir!«, schrie er noch lauter.

»Sie ist deine Mutter, James.«

»Einer der übelsten Scherze der Natur.«

Laura schauderte.

»Deine Haltung ihr gegenüber ist erbärmlich. Du solltest dich schämen!«

»Ich schicke ihr jeden Monat Geld.« Sein Mund verzog sich zu einem hässlichen Grinsen.

»Ja«, erwiderte Laura zornig. »Ich habe das neue Haus und die neuen Möbel gesehen, das Auto. Ihre Kleidung ist sicherlich um einiges besser als das, was sie bis vor einigen Jahren tragen musste. Sie hungert nicht, und sie scheint gesund zu sein. Aber ich habe ihre Einsamkeit und ihre Verzweiflung gesehen. Sie sehnt sich danach, mit jemandem zu reden. Du hättest sie mit Mandy sehen sollen. Sie …«

»Du hattest kein Recht, meine Tochter ohne meine Erlaubnis zu ihr zu bringen, Laura.«

Sie ignorierte ihn.

»Ich kann gar nicht beschreiben, wie liebevoll sie mit deinem Kind war. Und ich habe gemerkt, wie gern sie Mandy an sich drücken und umarmen wollte.«

»Ich will nichts davon hören!« Er machte eine eindeutige Handbewegung.

»Und immer, wenn dein Name fiel, hing sie an jedem Wort, das gesprochen wurde. Auf dem Tisch im Wohnzimmer lag der Zeitungsartikel über unsere Hochzeit, darunter ein ganzer Stapel anderer Artikel, alle über dich. Sie waren so oft zusammen- und wieder auseinandergefaltet worden, dass sie zerfledderten.«

Beim Gedanken an die gesammelten Zeitungsausschnitte liefen ihr Tränen über die Wangen. Es war so ein mitleiderregender Anblick gewesen. Ungeduldig wischte sie die Tränen mit der Faust aus dem Gesicht; ihr Zorn überwog ihre Traurigkeit.

»Wie kannst du so grausam sein, James? Wie kannst du deine eigene Mutter so herzlos aus deinem Leben ausschließen?«

»Das ist allein meine Sache«, knurrte er.

»Ich weiß nicht, was sie getan hat, um dich so unversöhnlich zu machen, aber bestimmt …«

»Halte dich da raus. Das geht dich nichts an.«

»Doch! Ich bin schließlich deine Frau.«

»Nicht ganz.« Er schlug mit einer heftigen Bewegung die Tür zu. »Aber das werde ich auf der Stelle regeln.«

8

»Was hast du vor?« Laura trat argwöhnisch einige Schritte zurück.

»Ich mache dich zu einer Frau. Zu meiner Frau.« Mit einem Satz war er bei ihr und packte sie an den Armen.

»Nein!« Sie versuchte, sich zu befreien, doch er war viel zu stark.

»Willst du mir sagen, wo du hingehörst und wo nicht?« Er grinste höhnisch. »Nun, wo du vor allen Dingen hingehörst, ist mein Bett.«

Er stieß sie darauf. Sie landete auf dem Rücken und versuchte, sich wegzurollen, doch er ließ sich nach ihr auf die Matratze fallen und begrub sie unter sich.

»Bevor du anfängst, in meinem Leben herumzupfuschen, Mrs Paden, musst du erst noch lernen, wie du mit mir umzugehen hast.«

»Du bist grob!«, fuhr sie ihn an. Ihre blauen Augen funkelten vor Wut. »Lass mich in Ruhe!«

»Keine Chance, Baby.«

»Und hör auf, mich Baby zu nennen! Ich bin nicht eines von deinen Flittchen!«

»Nein, das bist du allerdings nicht«, erwiderte er mit einem kurzen Lachen. »Oder glaubst du, ich würde mir deine Frechheiten dann gefallen lassen? Es gibt einen Ort, an dem es nichts bringt, sich aufzuspielen, und das ist das Bett. Bislang bin ich in dieser Hinsicht bemerkenswert unbeeindruckt von dir, Miss Laura.«

Er nahm sich das Recht auf ihren Mund. Harsch rieben sich seine Lippen auf den ihren. Seine Finger vergruben sich in ihrem Haar; wie ein Schraubstock legten sich seine Hände um ihren Kopf und hielten ihn still, damit seine Zunge sich über ihren Mund hermachen konnte.

Laura wand und krümmte sich voller Wut unter ihm und schlug mit geballten Fäusten auf seine Schultern ein. Ihre Schläge waren wirkungslos; er fand sie bestenfalls lästig, packte mit einem eisernen Griff ihre beiden Handgelenke und fixierte sie über ihrem Kopf auf dem Bett. Knöpfe flogen, als er mit der anderen Hand an ihrer Bluse zerrte. Mit derselben Missachtung riss er ihr den BH herunter und umfasste ihre Brust.

An seiner Handfläche spürte er ihren heftigen Herzschlag – eine Botschaft, die sein Hirn sofort erreichte. Er hob den Kopf, blickte in ihr Gesicht. Sie atmete ebenso schwer wie er, doch was er in ihrer Miene sah, war nicht Abscheu oder Furcht, sondern Verlangen.

Wieder nahm sein Mund Besitz von ihrem. Doch dieses Mal war sein Kuss anders. Er war ebenso hungrig und wild, aber viel weniger grob, die Zunge flegelhaft und undiszipliniert, aber nicht bösartig. Sie vermittelte Lust, anstatt zu strafen.

Noch ein Gefühl erstand aus Lauras Wut. Beginnend zwischen ihren Schenkeln, begann sich Erregung wellenförmig in ihrem ganzen Körper auszubreiten. Sie bemühte sich, ihre Arme freizubekommen, nicht, um sich ihm zu entziehen, sondern um an diesem stürmischen Austausch von Küssen teilzuhaben. Als er ihre Hände losließ, vergrub sie sie in seinen Haaren, verflocht ihre Finger darin, um seinen Mund auf ihrem zu halten.

Mit einem Stöhnen küsste er ihren Hals so glühend, dass sich ihre zarte Haut rot verfärbte.

»Ich kann nicht mehr warten, Baby. Ich muss dich haben, sofort.«

Er klemmte eine Hand zwischen ihre Körper und schob Lauras Rock hoch. Sie half ihm, indem sie die Hüften anhob, und er streifte ihr Höschen ab. Dann nestelte er fieberhaft an seinem Reißverschluss und öffnete seine Jeans. Laura spürte seine Erregung warm und hart.

»Werde ich dir wehtun?«

»Ich weiß nicht.«

»Macht es dir etwas aus?«

Sie warf den Kopf hin und her. »Nein.«

Ermutigt durch die Art und Weise, wie ihr Körper nach ihm verlangte, vollendete er seine Besitznahme.

James knirschte mit den Zähnen, so sehr wurde er von seinen Empfindungen überflutet, und vergrub das Gesicht in ihrer Achselhöhle. Er versuchte, ihrem Körper Zeit zu geben und sich an die Verwundung durch den seinen zu gewöhnen, doch selbst die strengste Zurückhaltung konnte ihn nicht davon abhalten zu tun, was von der Natur vorbestimmt war. Der Rhythmus seiner Stöße steigerte sich, bis er von einem explosiven Höhepunkt geschüttelt wurde.

Er drängte sich schwer an Laura und atmete keuchend in ihr Ohr. »Tut es dir weh, Laura?«

»Nein«, antwortete sie ehrlich. Sie spürte keinen Schmerz, nur eine große Unzufriedenheit. Ihr Körper war noch immer rastlos.

»Tut mir leid.« Er küsste ihr Ohr.

»Was denn?«

Mit einem leisen Lachen blickte er ihr in die verwunderten Augen. Sie wusste nicht, was ihr entgangen war.

»Mein liebes, unschuldiges, gescheites Mädchen.«

Zuneigung leuchtete in seinen Augen, als er seine Lippen auf die ihren senkte. Sein Kuss war unendlich zärtlich; er machte seine gewaltsamen Küsse wieder gut, die nun eine Ewigkeit zurückzuliegen schienen.

Laura erwiderte seinen Kuss mit wesentlich mehr Leidenschaft, als er erwartet hatte.

»Laura? Laura? Baby?«

Er presste die Lippen fester auf ihre. Seine Zunge suchte die wärmsten Tiefen ihres Mundes. Laura schlang die Arme um seinen Rücken, ihre Beine rutschten an seine, ihre Schenkel umklammerten seine Taille.

»Ich werde wieder bereit.« Er stöhnte.

»Machen wir es noch einmal?«

»Können wir?«

»Können wir nicht?«

»Willst du?« Er blickte ihr erstaunt in die Augen.

Sie nickte energisch.

In Windeseile verließ er das Bett, zog sich aus, so schnell er konnte, und schleuderte die Kleidungsstücke von sich. Laura folgte seinem Beispiel ohne aufzustehen.

»Was zum Teufel tue ich eigentlich?«, fragte James sich laut. Er stand nackt neben dem Bett, raufte sich die Haare und schüttelte, über sich selbst lachend, den Kopf.

Seine Frau befeuchtete sich die Lippen.

»Ich dachte, wir wollten ...«

»Oh ja, Baby, klar. Aber warum hetzen wir uns eigentlich so?«

Laura blickte ostentativ sehr gezielt an seinem Körper hinab, dessen Zustand durchaus Dringlichkeit auszudrücken schien. Doch James lachte nur leise und küsste sie sanft auf den Mund.

»Das hält vor.«

»Versprochen?«

»Versprochen«, wiederholte er mit rauer Stimme. Dann hob er sie auf die Kissen, schlug die Decke zurück und legte sich zu ihr.

Er nahm sie sanft in die Arme.

»Du bist wunderschön. Du gefällst mir, wenn du nackt bist.«

Er küsste sie wollüstig auf den Mund. Seine Zunge war sehr intim. Laura war zuerst noch schüchtern, doch bald gab sie sich voll den Empfindungen hin, die sie durchströmten, als seine Lippen ihren Körper erforschten.

Jeder Teil ihres Körpers lernte seine Zärtlichkeit kennen – ihre Brüste, ihr Bauch, ihre Schenkel, ihr Unterleib. Mit heiserem Flüstern teilte er ihr mit, wie sehr er es liebte, sie zu schmecken.

Und er fuhr fort zu schmecken, bis sie wusste, wofür er sich zuvor entschuldigt hatte.

Selbst nach dieser orgastischen Initiation errötete sie noch bei seinen kühnen Berührungen und verwegenen Worten. Nicht aus Scham. Sondern aus reiner, ungetrübter Freude. Seine liebkosenden Hände, sein zärtlicher Mund würdigten sie nicht herab, sondern entdeckten sie. Durch seine Liebe lernte sie sich selbst kennen.

Und auch ihn. Nie hätte sie geglaubt, dass der Körper eines Mannes ein derartiges Fest für die Sinne sein konnte. Sie fand ihn wunderschön. Sobald sie ihre liebenswerte Scheu überwunden hatte, zeigte auch sie ihm, wie hingerissen sie von ihm war.

»Leg deinen Mund hier drauf.« Er nahm sanft ihren Kopf zwischen die Hände und führte ihn dahin, wo ihre Fingerspitzen ihn voller Neugier liebkosten, seufzte, als sie noch einen Schritt über seine Anweisung hinausging und ihre Zunge launisch gegen seine Haut schnellte. »Donnerwetter.« Er stöhnte. »Ich wusste, dass du gut bist. Ich wusste es.«

Sie verbrachten den ganzen Nachmittag im Bett und liebten sich so oft, dass die Luft im Raum feucht wurde und ihre Körper schweißnass und glitschig. Die Sonne drang durch die halb geschlossenen Jalousien und malte verführerische Streifen auf ihre Nacktheit. Langsam wurden die Schatten länger und erstreckten sich über Wände und Boden, und noch immer lagen sie in den zerknüllten, feuchten Laken, sich gegenseitig erforschend und an ihrer neu gewonnenen Nähe erfreuend.

Irgendwann schlug James vor, sich mit einem lauen Bad etwas abzukühlen. Laura saß in der Wanne zwischen seinen Schenkeln, an seine Brust gelehnt, und er goss gemächlich Wasser über ihre Brüste und schaute zu, wie es über ihren Körper und zwischen ihren Beinen hindurchrann.

»Ich kann noch immer nicht glauben, dass ich das mit dir tue«, murmelte sie nachdenklich. Ihre Hände drückten auf seine Schenkel, testeten die starken Muskeln unter der behaarten Haut.

»Wir sind verheiratet.«

»Auch das kann ich immer noch nicht glauben«, sagte sie und lachte dazu leise.

»Wieso?«

Sie zuckte die Achseln, und er hatte seine Freude daran, was diese Bewegung mit ihren Brüsten anstellte.

»Ich weiß nicht. Du bist überhaupt nicht so, wie ich mir einen Mann für mich vorgestellt hätte.«

»Du hast gedacht, du würdest so einen Duckmäuser heiraten, der nicht weiß, wie er es anstellen soll, dir im Bett etwas zu bieten.«

Sie zog so kräftig an seiner Beinbehaarung, dass er aufjaulte.

»Aufgeblasener Kerl. Wieso bist du eigentlich so sicher, dass du mir im Bett so viel bieten kannst?«

»Ich habe Kampfspuren, die es beweisen.« Er zeigte auf einen leichten Kratzer an seiner Schulter.

»Na, da war ich ja noch höflich«, meinte sie und zuckte zu seiner Freude noch einmal mit den Schultern.

»Höflich!« Sein lautes Lachen hallte von den Fliesen wieder. »Baby, so weit hat es nicht einmal der gute alte Knigge mit den Manieren getrieben.«

»Pst!«, zischte sie. »Und bitte erspare mir jegliche Angeberei mit deiner sexuellen Erfahrung. Sie erinnert mich nur daran, wie viele Geliebte du gehabt hast. Mir macht es keinen Spaß, der Auflistung deiner Eroberungen zu lauschen. Das hat mir schon damals in der Schule nicht gefallen.«

Er malte mit dem nassen Finger seine Initialen auf ihre nackte Schulter. »Ich verstehe ja, dass es dir jetzt so damit geht. Aber warum damals?«

»Ich denke, ich war eifersüchtig.«

»Eifersüchtig?« Er setzte sich überrascht auf; Wasser lief über den Rand der Badewanne. »Aber du hast ja damals nicht einmal mit mir geflirtet.«

»Das hätte ich mich niemals getraut. Mit dir zu flirten, war viel zu gefährlich. Wenn du darauf reagiert hättest, wäre ich sofort auf und davon gewesen.« Sie senkte scheu den Blick. »Was nicht heißt, dass ich nicht von dir fasziniert gewesen wäre. Ich bin auch von Tigern fasziniert, aber ich würde nie mit einem allein sein wollen.«

»Dann bin ich also wie ein Tiger, hm?« Er schlang die Arme um ihre Taille, zog sie an sich und fauchte ihr leise ins Ohr.

»Ja«, murmelte sie und schloss verträumt die Augen. »Nur gieriger. Und wilder.«

»Und lüsterner.«

Er bedeutete ihr, sich umzudrehen.

Als sie ihr Bad endlich beendeten und sich abtrockneten, war mehr Wasser auf dem Fußboden als in der Wanne.

»Meinst du, wir sollten uns beim Abendessen blicken lassen?«, fragte Laura.

»Müssen wir?« Er hielt ihre Brüste in den Händen, spielerisch die Spitzen mit seinen Daumen erregend.

»Ich denke schon, ja.«

»Sicher?«

Er ging auf die Knie nieder.

»Hmmm ... ah ... ja.«

»Sicher?«

Sie seufzte seinen Namen.

Viel später gingen sie Arm in Arm die Treppe hinunter ins Esszimmer. Der Tisch war mit dem schönsten Porzellan und Silber gedeckt, die Kristallgläser reflektierten das Licht der Kerzen in dem Blumengesteck in der Mitte des Tisches.

»Mami, Daddy!« Mandy lief auf die beiden zu, als sie sie endlich kommen sah, und umarmte beide in Höhe ihrer Beine. »Ich dachte schon, ihr kommt nie mehr! Gladys sagte, ich muss artig sitzen bleiben und ruhig sein, bis ihr herunterkommt. Sie wollte mich nicht in euer Schlafzimmer gehen lassen, um euch aufzuwecken. Und sie hat mir nichts zu essen gegeben, weil sie sagte, dass ich dann beim Abendessen nichts mehr mag. Ich habe solchen Hunger. Ihr habt sooo lange geschlafen!«

»Tut mir leid, dass du warten musstest, Tricks«, sagte James ohne eine Spur von Reue. Er nahm Mandy auf seinen Arm hoch und ließ den anderen um Lauras Taille geschlungen.

»Was ist denn das alles?«, fragte er dann mit einem Nicken auf den so vornehm gedeckten Tisch.

Zur Antwort kam Gladys aus der Küche geeilt, hinter ihr her wehten himmlische Düfte in den Raum.

»Das ist ein besonderes Essen, weil ich meine, dass wir alle etwas zu feiern haben.« Sie warf dem Paar ein breites, wissendes Lächeln zu.

»Das ist allerdings richtig«, stimmte James ihr zu, ließ verstohlen seinen um Laura gelegten Arm nach unten gleiten und zwickte sie leicht in den Allerwertesten.

»Setzt euch, bevor das Essen kalt wird. Ich weiß, dass ihr Hunger habt.« Die Haushälterin rollte vielsagend die Augen und lachte zufrieden, als Laura errötete.

Das Essen war herrlich. Es war für Laura eines der glücklichsten Ereignisse, an das sie sich erinnern konnte. Sie hatte bislang gedacht, James zu lieben; doch die Liebe, die nun in ihr aufstieg, ließ sich nicht mehr fassen. Während des Essens brach sie mehr als einmal spontan in Tränen aus, die sich im Licht der Kerzen brachen und jedes Mal, wenn sie zu James schaute, in ihren Augen glitzerten.

»Glücklich?«, fragte er sie und umfasste ihre auf dem makellosen Tischtuch liegende Hand.

»Sehr.«

»Mich hast du auch bald so weit«, scherzte er. Sein verführerischer Blick aus halb geschlossenen Augen richtete sich auf ihren Mund.

Nach diesem wunderbaren Essen gingen sie mit Mandy nach oben in ihr Zimmer. Sie auszuziehen und in den Schlafanzug zu stecken, wurde zu einem spielerischen Ringkampf. Als es endlich geschafft war, brachten sie sie gemeinsam zu Bett. Mandy schloss alle Menschen in ihr Nachtgebet ein, die sie kannte, und sogar einige, die sie nicht kannte. Als sie begann, auch noch Rockstars aufzuzählen, beschloss James die lange Litanei mit einem entschlossenen »Amen« und schaltete das Licht aus.

»Warum so nachdenklich?«

Er trat hinter Laura und legte die Hände auf ihre Schultern. Sie saß an ihrem Toilettentisch und starrte mit leerem Blick in den Spiegel. Sobald sie in ihre Suite zurückgekehrt waren, hatte sie sich entkleidet und war in einen seidenen Morgenrock geschlüpft. James hatte sich bis auf die Hose ausgezogen.

»Ich habe nur nachgedacht.«

»Worüber?«, fragte er leichthin.

»Über ...« Sie senkte ernst den Blick. »Ich nehme keine Pille oder sonst etwas. Und du hast auch nichts ... äh ...«

»Keine Sorge. Ich kümmere mich darum.« Er massierte ihren Nacken. »Aber eine Schwangerschaft zu verhüten ist nicht alles, woran du denkst, nicht wahr?«

»Ich habe viele Gründe, glücklich zu sein.« Sie legte eine Hand auf die seine.

»Höre ich da ein unausgesprochenes ‚aber'?«

Sie lächelte matt. »Ich habe einfach Hemmungen, ein Thema anzuschneiden, das diesen schönen Tag verderben könnte.«

Sein Blick begegnete ihrem im Spiegel. James nahm die Hände von ihren Schultern und verließ wortlos den Ankleideraum. Laura seufzte, stand auf und schaltete das Licht aus. Als sie ins Schlafzimmer kam, stand James am Fenster, die Hände tief in den Taschen vergraben.

»Du hattest recht, James. Es geht mich nichts an.«

Er drehte sich langsam zu ihr um.

»Lass mich eines klarstellen.« Sie machte sich auf einen Wutausbruch gefasst und war umso mehr überrascht, als er sagte: »Ich war heute Nachmittag nicht zornig auf dich, sondern auf mich. Weil du recht hattest.«

Sie ergriff seine Hand, führte ihn ans Bett und setzte ihn auf das frische Laken, das Gladys diskret während des Abendessens aufgezogen hatte.

»Ich weiß, es fällt dir nicht leicht, aber versuche, mit mir darüber zu reden«, sagte Laura leise und drückte ermutigend seine Hände.

»Da gibt es eigentlich nicht viel zu sagen. Wenn es um meine Mutter geht, bin ich einfach ein Mistkerl. Das gebe ich zu. Abgesehen davon, dass ich ihr Geld schicke, will ich wirklich nichts mit ihr zu tun haben.«

»Warum?«

»Weil sie für all das steht, wovor ich weggelaufen bin, als ich vor mehr als zehn Jahren wegging. Die Armut. Dieses Leben von der Hand in den Mund. Diesen Ruf, der bemitleidenswertesten, ärmsten Familie in der Stadt anzugehören.«

»Du hast das hinter dir gelassen.«

»Aber sie nicht!« Er stand auf und begann, aufgeregt auf und ab zu schreiten. »Ich habe sie gebeten, mit mir zu gehen, aber sie entschied sich dafür, bei ihm zu bleiben.«

»Bei ihm? Deinem Vater?«

»Vater!«, rief er verächtlich. »Dieser Trunkenbold kannte noch nicht einmal die Bedeutung des Worts.«

Ein tiefer, nicht zu stillender Schmerz zeigte sich in seinen grünen Augen.

»Als ich ein kleiner Junge war, wollte ich ihn gern haben. Ich wollte ihn lieben. Ich wollte mit meinem Daddy prahlen, genau wie die anderen Jungen es taten. Dann merkte ich, was mein Vater für ein Versager war, und schämte mich. Die anderen Kinder lachten ihn aus, machten sich über uns lustig. Also tat ich so, als sei er nicht mein richtiger Vater. Ich dachte mir einen Mann aus, der mit meiner Mutter zusammengewesen war, nur um nicht zugeben zu müssen, dass ich mit dem Mann verwandt war, der mich tatsächlich gezeugt hat.«

Laura presste einen Finger auf ihre Lippen, um keinen Laut von sich zu geben. In ihren Augen standen Tränen. Sein Schmerz berührte sie zutiefst. Kein Wunder, dass er sich wie ein wilder Draufgänger benommen hatte. Seine

Rebellion war ein Flehen um Aufmerksamkeit gewesen, ein Ersatz für die fehlende Liebe in seinem Leben. Er musste unbedingt beweisen, dass er es wert war, wenigstens von irgendjemandem bemerkt zu werden.

»Er hat uns geschlagen. Wusstest du das?« Sie atmete schwer und schüttelte den Kopf. »Ja, das hat er getan. Ich habe in der ständigen Angst gelebt, dass ich ihn aus Versehen provozieren könnte. Als ich dann groß genug war, habe ich mich gewehrt. Aber das machte ihn nur noch wütender, und wenn ich nicht da war, um Mutter zu beschützen, ließ er seine Wut an ihr aus.«

Lauras Schultern sackten ein, sie verbarg das Gesicht in den Händen. »O Gott.«

James wirbelte ärgerlich herum.

»Ja, sag das ruhig noch mal. Wo war ER? Warum lässt ER zu, dass unschuldigen Menschen solche Dinge zustoßen?«

»Ich weiß es nicht, James. Ich weiß es nicht.« Sie schüttelte den Kopf; Tränen liefen ihr über die Wangen.

»Ich war entschlossen, die High School zu beenden, damit ich nicht so unwissend sein würde wie mein Vater. Dann arbeitete ich in dieser stinkenden Werkstatt, bis ich genug Geld gespart hatte, um wegzugehen. Aber nicht, ohne meine Mutter zu bitten, mit mir zu kommen. Und sie weigerte sich, ihn zu verlassen!«

Selbst jetzt verwirrte ihn die Entscheidung seiner Mutter noch; er schüttelte verständnislos den Kopf.

»Ich konnte nicht verstehen, weshalb sie bei ihm bleiben wollte. Aber sie hat es getan. Als er starb, kam ich nicht einmal zu seiner Beerdigung nach Hause. Ich schickte ihr Geld, aber ich schwor mir, sie nie zu bemitleiden. Sie hatte sich schließlich für dieses Schicksal entschieden.«

Er ließ sich auf das Bett fallen und stützte den Kopf in

die Hände, schwer atmend vor Zorn und Anstrengung. Seine Niedergeschlagenheit ließ ihn weniger unnahbar erscheinen.

Laura legte eine Hand auf sein zerzaustes Haar. Sie wog sorgfältig ihre Worte ab.

»Vielleicht urteilst du zu hart über sie, James«, sagte sie leise. »Es gibt womöglich viele Gründe, weshalb sie nicht mit dir ging.«

»Zum Beispiel? Was kann einen Menschen veranlassen, bei einem gewalttätigen Trunkenbold wie ihm zu bleiben?«

»Furcht vor Vergeltung, zum Beispiel«, antwortete sie. »Oder einfach Liebe.«

»Liebe?«, fragte er ungläubig.

»Mag sein. Für Liebe gibt es keine Erklärung. Vielleicht liebte sie ihn trotz seiner Gewalttätigkeit. Vielleicht war sie auch zu stolz, um ihn zu verlassen. Soweit ich weiß, ist es für eine Frau sehr schwierig, sich die fehlende Wertschätzung des eigenen Mannes einzugestehen, die zu solchen Misshandlungen führt.«

Laura streichelte liebevoll seine Wange.

»Oder vielleicht ist sie geblieben, um dich zu beschützen, James. Ich bin sicher, sie wollte, dass du einmal ein besseres Leben hast als sie. Womöglich hatte sie Angst, dass er euch folgen würde, wenn sie nicht bei ihm blieb. Ich glaube, sie hat ein großes Opfer für dich gebracht. So groß, dass sie ihr Leben aufs Spiel setzte.«

Laura merkte ihm an, wie zerrissen er sich fühlte. Er betrachtete seine Hände und drehte sie tief in Gedanken versunken hin und her. Sie spürte, dass er Leonas Entscheidung in einem ganz neuen Licht zu sehen begann. Seine bisherigen Überzeugungen bezüglich seiner Mutter waren ins Wanken geraten.

»James«, fragte sie ihn leise, »schämst du dich wegen

deiner Mutter? Fürchtest du, wenn du dich mit ihr zusammentust, werden sich die Menschen daran erinnern, woher du kamst? Ist das der Grund, warum du sie nicht sehen oder dich mit ihr zeigen willst?«

Er sagte erst einmal nichts, dann wandte er sich ihr zu.

»Hey! Du kämpfst mit schmutzigen Bandagen, ja? Du schlägst unter die Gürtellinie.« Er stand vom Bett auf und schritt nervös im Raum auf und ab. »Wenn das wahr wäre, dann wäre ich ein richtiger Schuft, nicht wahr?«

Er erwartete keine Erwiderung, und es kam auch keine.

»Aber ich denke, genau das habe ich im Hinterkopf.« Mit einem Seufzer fuhr er sich über das Gesicht. »Zu was für einem Menschen macht mich das, Laura?«

»Es macht dich einfach nur menschlich.« Laura reichte ihm die Hand; er ergriff sie dankbar und ließ sich von ihr auf das Bett ziehen. Sie legte seinen Kopf zwischen ihre Brüste und strich ihm sanft über das Haar.

»Deine Mutter ist eine echte Lady, James. Ich mag sie sehr gern.«

»Wirklich?«

»Ja. Sie ist nett und freundlich. Sie möchte gern gefallen.«

»Hat sie wirklich ein Bild von mir?«

»In einem Silberrahmen. Aufgestellt am auffälligsten Platz im Haus.«

»Das muss das einzige Foto sein, das je von mir gemacht wurde, bevor ich von zu Hause wegging.« Eine Spur der alten Bitterkeit schwang in seiner Stimme mit.

»Wahrscheinlich hält sie es deshalb so sehr in Ehren.« Ihre ruhige Erwiderung beschwichtigte seine neu aufkeimende Feindseligkeit.

»Ich schätze, es würde nicht schaden, sie einmal anzurufen.«

Er konnte nicht sehen, wie sich Laura auf die Lippe biss und unendlich erleichtert die Augen schloss. Nach einer Weile sagte sie: »Sie wird es nicht wagen, den ersten Schritt zu einer Versöhnung zu tun. Dazu hat sie zu viel Respekt vor dir. Ich glaube, sie verehrt dich sehr.«

»Ich weiß nicht, Laura«, meinte er skeptisch. »Es ist zehn Jahre her. Seither ist eine Menge Wasser unter der Brücke durchgeflossen. Ich bin wahrscheinlich nicht das, was sie will oder braucht oder gar, was sie erwartet.«

»Was das anbelangt, solltest du keine Zweifel hegen. Du bist ihr Sohn. Ihr Kind. Sie liebt dich, und sie würde dir alles verzeihen. Ich bin sicher, dass dein Gefühl der eigenen Schwäche unbedeutend ist im Vergleich zu ihrem Minderwertigkeitsgefühl.«

Laura hielt ihn noch lange in den Armen und gab ihm die mütterliche Fürsorge, die er als Kind nicht bekommen hatte. Leona Paden liebte ihren Sohn. Doch sie hatte tagtäglich um ihr und James' Überleben kämpfen müssen. Ihrem Sohn in geistig-seelischer Hinsicht den Rücken zu stärken, hatte sie eindeutig überfordert.

Im Alter von dreiunddreißig Jahren suchte er diesen Rückhalt in den Armen seiner liebevollen Frau. Laura kämmte ihre Finger durch sein Haar, kraulte ihm den Rücken und flüsterte ihm zärtliche Worte ins Ohr. Sie war sicher, dass er die Beziehung zu seiner Mutter wieder aufnehmen würde, aber etwas anderes beunruhigte sie noch.

»James?«

»Hmm?«

»Bist du noch immer zornig auf Gott?«

Nach einiger Zeit antwortete er: »Er hat alles wieder gutgemacht, und wir sind uns einig geworden.«

»Wie?«

»Er gab mir Mandy«, antwortete James simpel.

Fast hätte er noch hinzugefügt: »Und dich«, doch das sagte er nicht.

Wenig später waren sie beide eingeschlafen.

James war bereits nach unten gegangen, als Laura am nächsten Morgen aufwachte. Mit einem Lächeln, das einfach nicht verschwinden wollte, duschte sie, zog sich rasch an und gesellte sich im Frühstückszimmer zu ihm und Mandy. Die Kleine kicherte.

»Was ist denn so lustig?«, fragte Laura von der Tür aus.

James drehte sich zu ihr um, und ihr Herz machte einen Sprung, als sie seine leuchtenden Augen sah. Sie erinnerte sich an die vielen Male, an denen er während der Nacht die Hand nach ihr ausgestreckt hatte. In seiner Berührung war eine kindliche Verzweiflung gelegen, als könne sie verschwinden, wenn er den körperlichen Kontakt mit ihr verlor. Sie war für ihn da gewesen, mit einem beruhigenden Wort, einer zärtlichen Liebkosung, einem Kuss.

»Daddy kitzelt mich. Mach es mit Mami, mach es mit Mami!«, quiekte Mandy und hopste auf ihrem Stuhl auf und nieder.

»Aber nur zu gern.« James stand auf und kam Laura entgegen. Gut sichtbar für Mandy ließ er die Hände an Lauras Rippen auf und ab gleiten, als würde er sie kitzeln. Dazu küsste er sie herzlich auf den Mund.

»Schade, dass ich dich nicht so kitzeln kann wie gestern. Du hast dich nur so gekrümmt, weißt du's noch?«

Laura errötete bis unter die Haarwurzeln. Er lachte erfreut, auf eine besitzergreifende, männliche Art. Nach einem weiteren ebenso raschen wie intensiven Kuss brachte er sie an den Tisch. Gleich nach dem Frühstück entschuldigte er sich damit, dass er einiges zu erledigen habe. Laura trug Mandy auf, Gladys beim Abräumen zu helfen, und folgte ihm hinaus. Als sie den Flur erreichte, schlüpfte er gerade in seine Sportjacke.

»Wo fährst du denn hin?«, fragte sie mit gespielter Unbekümmertheit.

Er warf ihr ein schiefes Lächeln zu und holte einen Briefumschlag aus seiner Brusttasche – eine der Partyeinladungen. Darauf stand Leona Padens Name.

»Brauchst du keine Briefmarke?«

»Die hier wird persönlich zugestellt.«

»Oh, James, ich …« Beinahe hätte sie ihm gesagt, dass sie ihn liebte, doch sie konnte ihre spontanen Worte gerade noch zurückhalten und begnügte sich damit, seine herzliche Umarmung zu erwidern. »Möchtest du, dass ich mit dir komme?«

»Ja«, gestand er und drückte sie fest. Doch dann schüttelte er den Kopf und schob Laura von sich. »Ich hätte dich liebend gern dabei, um mir moralische Unterstützung zu leisten, aber das ist etwas, das ich allein machen muss.«

Er lachte kurz auf, obwohl ihm gar nicht danach zumute war.

»Es macht mich nervöser, meiner eigenen Mutter von Angesicht zu Angesicht gegenüberzutreten, als ich je vor einem Autorennen war.«

Sie strich über sein Revers.

»Sie wird noch viel nervöser sein als du.«

Er blickte mit schief gelegtem Kopf auf seine Frau. »Weißt du, für so ein sexy Weibsbild hast du eine ganze Menge Mitgefühl.«

»Aber, Mr Paden«, erwiderte sie mit dem affektierten Lächeln einer typischen Südstaatenschönheit, »ich muss schon sagen! Ich wusste gar nicht, was Sie für ein einnehmendes Wesen an den Tag legen können.«

Er lachte über ihre kleine Szene, wurde jedoch schnell wieder ernst.

»Danke, Laura, dass du mich dazu gebracht hast, das zu tun.«

Sie schüttelte den Kopf.

»Früher oder später hättest du es so oder so gemacht. Ich habe nur ein wenig nachgeholfen.«

»Trotzdem ...«

Er wollte ihr eigentlich einen zärtlichen Dankeskuss geben, wie es sich für einen Ehemann ziemte. Doch seine Arme schmiegten sich um ihren geschmeidigen Körper, und der Kuss wurde immer länger und heißer, bis seine Männlichkeit reagierte. Er ließ sie los.

»Später, Baby.«

Bevor er sich seinen Regungen hingab, schritt er aus dem Haus und ließ hinter sich das Fliegengitter zufallen.

In den nächsten Tagen bereiteten sie die Party vor. Die Gästeliste wurde ständig auf den neuesten Stand und Einladungen in aller Eile zur Post gebracht, damit sie mit der Nachmittagsauslieferung hinausgingen.

»Warum haben wir eigentlich nicht einfach eine Anzeige in die Zeitung gesetzt und die ganze Stadt eingeladen?«, meinte James trocken, als Laura ihm einen neuerlichen Stapel Einladungen in die Hand drückte, um sie zur Post zu bringen.

»Ich mache doch nur Spaß«, fügte er hinzu, sobald er ihren entsetzten Blick bemerkte.

Gegen Gladys' energischen Protest beauftragte Laura einen Partyservice, der sich nach langem Hin und Her mit der Haushälterin auf ein Menü einigte. Es sollte ein typisches Südstaaten-Dinner werden – gedämpfte Krebse und Garnelen, gebratener, panierter Fisch, Brathähnchen, Maiskolben, gebackene Bohnen, Okra-Gumbo und dazu Salate und Würzsaucen. Als Nachspeise Wassermelone sowie Gladys' berühmte Pecannuss-Törtchen.

James beauftragte ein paar junge Burschen, die noch Schulferien hatten, Bo mit den großen Rasenflächen um das Haus zu helfen. An die niedrigeren Äste der Bäume hängten sie Lichterketten mit winzigen Glühbirnen auf, was dem ganzen Garten eine märchenhafte Atmosphäre verlieh und Mandy begeisterte. An dünnen, von Baum zu Baum verlaufenden Drähten wurden Lampions befestigt und am Bootssteg Fackeln aufgestellt, die in mit Sand gefüllten Eimern steckten. Eine Tanzband aus Atlanta sorgte für die Musik.

»Nur eine Sache beschäftigt mich noch«, sinnierte Laura eines Nachmittags laut. Sie brachten nach einem Ausritt mit Mandy gerade die Pferde zu den Ställen zurück.

»Und das wäre?« James stieg ab und half Laura beim Absitzen; Bo assistierte bereits Mandy. »Was könnte denn noch schiefgehen? Laura, das Personal des Weißen Hauses bereitet sich nicht so vor, wenn der Premierminister von China angereist kommt. Welchen Stein haben wir denn noch nicht umgedreht?«

»Das Wetter.« Sie blickte besorgt zum Himmel. »Unten in der Karibik braut sich ein Sturm zusammen; der Wetterbericht sagt, dass wir bis zum Wochenende Regen haben könnten.«

Sie nagte an ihrer Unterlippe.

»Das würde alles verderben.«

»Das glaube ich nicht.« James umfasste ihre Taille und hob sie hoch. »Dann könnten wir alle frühzeitig nach Hause schicken und unsere ganz private Party im Schlafzimmer feiern.«

Er steckte die Nase in das V ihres Ausschnitts.

»Nur wir beide. Nackend und schmutzig. JSEB.« »JSEB?«

»Jedem sein eigenes Babyöl.«

Sie lächelte, doch die Falten auf ihrer Stirn wollten nicht verschwinden.

»Hör zu, Baby«, erklärte James mit einem langen Seufzer, »es wird einfach nicht regnen. Okay? Okay?«, wiederholte er und schüttelte sie leicht, bis sie ihm zustimmte.

»Okay«, murmelte sie.

Er äffte ihre Schnute nach, machte es jedoch viel besser als sie; es sah hinreißend komisch aus.

»Okay!« Sie gab sich endlich lachend geschlagen.

Gegen Mittag am Tag vor der Party stieg James die Stufen zum Keller hinunter.

»Juhu!«

»Unten.«

»Ich weiß, aber wo?«, fragte er, als er unten angekommen war.

»Hier drüben. Gladys hat mich heruntergeschickt, um eine letzte Bestandsaufnahme zu machen. Sie fährt heute zum allerallerletzten Mal in die Stadt.«

Laura stand vor einem Regal mit Vorräten und vervollständigte eine Einkaufsliste.

»Was machst du denn zu Hause? Ich dachte, du hast in der Stadt zu tun. Oder ist es schon Mittag?« Mit einem Blick auf ihre Liste klopfte sie sich leicht mit ihrem Stift an die Wange. »Hast du Leona gesehen? Ich habe sie gebeten, Gladys mit den Blumenarrangements zu helfen.«

»Ja, ich hatte in der Stadt zu tun, aber ich bin früher fertig geworden, als ich dachte.«

James umfasste die Taille seiner Frau und drehte sie um, sodass er ihr in die Augen sehen konnte. Er nahm ihr Stift und Notizblock aus den Händen und legte die Sachen auf einen Arbeitstisch.

»Ja, es ist bereits Mittag. Ja, ich habe Mutter und Gladys und Tricks beim Blumenarrangieren gesehen. Sie haben mir sogar gesagt, wo ich dich finden würde, und nun, wo ich endlich deine Aufmerksamkeit errungen habe, wie wär's mit einem Kuss zur Begrüßung, Mrs Paden?«

Noch ehe sie etwas erwidern konnte, versiegelte er ihren Mund mit seinem, öffnete ihre Lippen noch weiter und schob seine Zunge dazwischen.

»Das«, murmelte er Augenblicke später, in denen sie dachte, ihr Herz würde stehen bleiben, »ist eher ein Empfang, wie er mir vorschwebte.«

»Kannst du jederzeit haben«, sagte Laura atemlos.

»Wirklich?« Einer seiner Mundwinkel verzog sich zu einem sexy Lächeln. »Ich kann dir gar nicht sagen, wie ich mich freue, das von dir zu hören, Liebling, denn gerade jetzt habe ich ein heftiges Verlangen nach dir.«

»Gerade jetzt?«

Er drängte sie an den Tisch.

»Mhm. Ich möchte eine Kostprobe.« Ehe Laura wusste, wie ihr geschah, hatte er bereits ihre Bluse aufgeknöpft; darunter fand er einen spitzenbesetzten, pastellfarbenen Body, dem er mit einem Murmeln Anerkennung zollte.

»Ich wollte deine Unterwäsche sehen.«

»Was? Wann?« Seine Hände wanderten über ihre Brüste, sie wurde leicht konfus.

»Schon immer. Wenn ich dich in der Stadt auf der Straße sah oder in der Schule auf dem Flur. Ich brannte darauf zu wissen, was reiche Mädchen als Unterwäsche trugen. Welche Unterwäsche Laura Nolan anhatte. Ich wäre bestimmt verrückt geworden, wenn ich mir je so etwas vorgestellt hätte.« Er schälte ihre Brüste aus den spitzenbesetzten Körbchen und legte seine Lippen um eine ihrer Brustwarzen.

Sie hielt sich an seinen Haaren fest, um nicht aus der Balance zu geraten.

»James«, wimmerte sie, als seine Zunge sie betörend benetzte.

»Du bist köstlich.« Seine Lippen schlossen sich um ihr Fleisch und saugten zärtlich.

Sie stöhnte.

»Es könnte jemand ...« Ihr flackernder Blick wanderte zur Treppe, von der Licht nach unten strömte. Doch sie bekam schon fast nichts mehr mit; ihre Augen schlossen sich wie von selbst.

Seine Hände glitten unter ihrem Rock die Schenkel hinauf bis zur Taille und hoben sie auf den Tisch. Er trat zwischen ihre Beine.

»Schau mal, was du mit mir anstellst.« Er drückte ihre Hand auf seine Hose.

»Es ist helllichter Tag!« Nie war ein Protest so schwach gewesen.

Er rieb sich an ihrer Hand.

»Ich laufe schon seit heute Morgen so herum.«

»Und das nach der letzten Nacht?«

»Ich sehe dich immer vor mir, denke an dich.«

Sie gab einen leisen, spitzen Schrei von sich, als er ihren Body aufknöpfte und sie liebkoste, wo sie bereits heiß und nass war. Das Geräusch seines Reißverschlusses war über ihrem heftigen Atmen kaum zu hören.

»So süß und klein.«

Das war sein letztes, ersticktes Stöhnen. Danach war nichts mehr zu verstehen.

Minuten später ließ er von ihr ab und setzte sich auf den Rand der Tischplatte.

»Wie geht es dir jetzt mit dem Keller?«, fragte er leise und streichelte mit einem Finger ihre Wange.

»Also, wenn das meine Angst nicht vertrieben hat, dann hilft absolut nichts.«

Sie lächelte ihm scheu zu, was zu der Wollüstigkeit, die sie noch vor Minuten gezeigt hatte, so sehr im Gegensatz stand, dass er unwillkürlich grinsen musste.

Aufmerksam gab er ihr ein Taschentuch. Als sie fertig war, steckte sie es in ihre Rocktasche und rückte ihre Kleidung wieder zurecht. James half ihr, nicht ohne sie zwischendurch immer wieder zu küssen. Er schloss auch den letzten Knopf an ihrer Bluse – nach einem letzten kurzen Blick auf ihre Brüste.

»James, du hast kein Ko…«

»Ich vergesse andauernd, welche zu kaufen.«

»Aber du weißt, welches Risiko wir eingehen.«

»Möchtest du wirklich jetzt darüber reden?« Er hob sie vom Tisch. Als sie sich auf den Boden stellte, bemerkte sie, wie weich ihre Knie waren. Sie lehnte sich an ihn, legte die Arme um seinen Hals und die Wange an seine Brust. »Nein, ich glaube nicht.«

Er rieb besänftigend ihren Rücken. »Worüber möchtest du dann reden?«

»Darüber, wie verrucht ich geworden bin.«

Er lachte leise.

»Gibt es denn kein Gesetz, das es verbietet, die Moral einer anständigen Frau zu untergraben?«

»Ich glaube gar nicht, dass du so anständig warst«, flüsterte er in ihr Ohr. »Ich glaube, du warst ein zügelloser Lüstling, der sein wahres Gesicht hinter der Maske von Zucht und Anstand verbarg. Du warst reif dafür, von mir im Sturm erobert zu werden.«

Sie seufzte resigniert. »Ich fürchte, du hast recht. Sonst hätte ich mich nicht so leicht verführen lassen.«

»Dazu hat es in der Tat nicht viel gebraucht.« Anstatt beleidigt zu reagieren, lächelte sie einfach und sog seinen Geruch ein.

»Stimmt der Spruch, dass die Männer ihre Frauen im Wohnzimmer gern als Dame sehen und im Schlafzimmer als Hure?«

»Woher hast du das bloß alles?« Er blickte sie erstaunt an.

»Stimmt es?«

»Ich würde sagen, das fasst es in etwa zusammen.«

»Weißt du noch neulich, wie du die Klimaanlage heruntergedreht und ein Feuer im Kamin gemacht hast?«

»Ja? Und?«

»Da bin ich im Wohnzimmer zur Hure geworden.«

Angst stand ihr so deutlich ins Gesicht geschrieben, dass er lachen musste. Er umarmte sie fest und wiegte sie.

»Du bist mir schon so eine, Miss Laura. Lieber Gott, mit dir geht es mir gut.«

Er küsste sie innig und sagte dann halblaut: »Ich habe eine Frage an dich, Baby.«

»Was denn?«, wollte sie erwartungsvoll wissen.

Er setzte sein träges, überhebliches Lächeln auf, das ihr so vertraut und lieb geworden war.

»Was gibt's zum Mittagessen?«

9

Am Tag der Party war der Himmel morgens grau und bedeckt. Das Tiefdrucksystem, das Laura Sorgen bereitet hatte, war offiziell zu einem Tropensturm mit Windgeschwindigkeiten von mehr als neunzig Stundenkilometern erklärt worden.

»Ich wette, das trifft uns nicht«, versicherte ihr James erneut, nachdem sie den Wetterbericht im Fernsehen verfolgt hatte und das Gespräch darauf brachte. »Dieser Sturm ist noch immer weit draußen auf dem Meer. Und selbst wenn er tatsächlich auf die Küste zukommt, wird er sich praktisch aufgelöst haben, bis er uns erreicht. Das ist der erste Hurrikan der Saison, da ist in aller Regel noch nichts zu befürchten.«

Laura versuchte, ihre Bedenken beiseite zu schieben und sich in Partylaune zu bringen. Es war schwül, doch im Tagesverlauf schien die Feuchtigkeit nachzulassen, und damit wurde auch ihre Stimmung besser. Bis zum späten Nachmittag herrschte in Indigo Place Nummer 22 dann tatsächlich eine festliche Atmosphäre.

Mandy war unglaublich aufgedreht. Sie sprang herum wie ein ausgelassenes Hündchen, war ständig im Weg und brachte alle durcheinander.

»Mutter, würdest du dich bitte um Mandy kümmern, damit Laura und ich uns anziehen können?«, bat James, als Leona eintraf, in einem Kleid, das er ihr speziell für diesen Anlass gekauft hatte.

Ihre Haare und Nägel hatte sie im Schönheitssalon stylen lassen. Leona war schon längst nicht mehr eitel, doch sie wusste, dass James dieser Abend sehr wichtig war, und wollte nicht, dass er sich für sie schämte. Die Sorgenfalten, die sich über Jahre in ihr Gesicht eingegraben hatten, wurden durch ihr Lächeln gemildert. Sie sah ungewöhnlich hübsch aus.

Seit der neuen Eintracht mit ihrem Sohn war Leona eine häufige Besucherin in Indigo Place geworden. Laura hatte James nicht nach den Einzelheiten ihrer Aussöhnung gefragt, aber als er an jenem Tag nach Hause zurückgekommen war, hatte er sie in die Arme geschlossen und nach einer kurzen Weile gesagt: »Du hattest recht. Meine Mutter ist wirklich eine Lady.«

Im Augenblick lächelte Leona Paden ihm herzlich zu und nahm ihre Enkelin an der Hand.

»Macht euch keine Gedanken um Mandy und mich. Wir kommen schon miteinander aus, was, Mandy?«

»Ja, Omi! Gehen wir und ziehen Annmarie für die Party an.«

Leona führte das Kind weg, und James eilte nach oben, um sich fertig zu machen.

»Wie sehe ich aus?«, fragte er Laura bang, während er sich vor dem Spiegel betrachtete. »Soll ich etwas anderes anziehen?«

»Du siehst sportlich-elegant aus. In einem Wort, perfekt.« Er trug eine moosgrüne Leinenhose, ein Hemd im selben Farbton, aber aus einem weicheren Gewebe, und ein cremefarbenes Leinensakko. Die Farben passten zu seinen Augen und Haaren. Er hatte nie besser ausgesehen.

Laura umarmte ihn mit einem sanften Kuss.

»Mach dir keine Sorgen, James. Alle werden gebührend beeindruckt sein. Und wenn nicht, wen kümmert's? Das ist bedeutungslos.« Doch sie wusste, dass er es sehr wichtig fand, was die Leute über ihn dachten.

Schließlich war das der eigentliche Grund für diese Party gewesen.

»Ich möchte nicht aussehen wie ein Geck aus der Gosse, der sich in Schale geschmissen hat.«

Ihr Herz schwoll an vor überschäumender Liebe für ihn. Jede Kränkung, die er in seinem Leben hatte erfahren müssen, schmerzte sie. Sein Gesicht in den Händen haltend, flüsterte sie: »Du siehst nach dem aus, was du bist – ein erfolgreicher Geschäftsmann, ein Mann von Stand mit einem wunderschönen Zuhause, ein Vater, dessen Tochter ihn verehrt, und ein Ehemann, dessen Frau …«

»Hör nicht auf. Eine Frau, die was?«

Die dich von ganzem Herzen liebt, wollte sie sagen.

Stattdessen legte sie kokett den Kopf schief und sagte: »Die ganz gern auch ein Kompliment bekommen würde, selbst wenn es nicht ernst gemeint ist.«

Er unterzog sie einer gemächlichen Inspektion. Ihr Kleid war in einem lebhaften Purpur gehalten, einer Farbe, die für die meisten Frauen nicht vorteilhaft war. Doch der kräftige Ton unterstrich das Blau ihrer Augen, den rosigen Teint ihrer Wangen und das sonnenglänzende Gold ihres Haars. Es war ärmellos, mit einem spitzenbesetzten kleinen Ausschnitt vorn und einem umso größeren am Rücken. Der geraffte Rock wirbelte um ihre Beine und berührte fast die Knöchelriemen ihrer weißen Sandalen. Ihr Haar war hochgesteckt und mit weißen Kamelien geschmückt.

»Du siehst bezaubernd aus. Am liebsten würde ich dich jetzt, auf der Stelle …« Er umfasste ihre Hüften und zog Laura an sich, presste ihren Körper an seinen. »Das ist ernst gemeint.«

Sein Mund war offen und warm. Träge strich er über den ihren, seine Zungenspitze liebkoste leicht ihre Lippen. Seine Hände streichelten über die weiche Haut ihres bloßen Rückens; eine wanderte nach vorn und spielte liebevoll mit einer Brust.

»Hmmm, James, hör auf«, seufzte sie und entzog sich ihm. »Jetzt geht es nicht.«

Er ließ sie kampflos frei.

»Ich habe dir ja schon einmal gesagt, dass es vorhält.«

Sein unzweideutiges Augenzwinkern, sein verführerischer Blick ließen Laura keinen Zweifel darüber, wie sie feiern würden, wenn die Party vorüber war. Sie konnte es nicht erwarten.

James' Befürchtungen waren absolut unnötig gewesen. Er wurde nicht nur akzeptiert, sondern jeder Gast, den er kennenlernte oder mit dem er die frühere Bekanntschaft erneuerte, machte einen Kotau vor ihm. Die Menschen scharten sich um ihn. Es wurde zu einer Herausforderung, im Verlauf des Abends mit jedem Gast wenigstens ein Wort wechseln zu können.

Oft hängte sich Laura mit einer Art besitzergreifender Eifersucht an seinen Arm, wenn weibliche Gäste ihn etwas zu überschwänglich wieder in der Stadt willkommen hießen. Und er dankte es ihr immer, indem er seine Hand auf ihre legte und sie warm drückte. Auch wenn eine Frau noch so attraktiv und entschlossen war, seine Aufmerksamkeit zu erlangen, seine Gattin konnte ihn immer für sich gewinnen.

Hätte er ihr nur gesagt, dass er sie liebte, nur einmal, Laura hätte sich für die glücklichste Frau der Welt gehalten. Doch diese drei simplen Worte waren noch nicht einmal während ihrer leidenschaftlichsten Liebesszenen über seine Lippen gekommen.

Während sie ihn von der Seite ansah, als er dem Bürgermeister von Gregory die Hand schüttelte und eine Verabredung zum Golf mit ihm traf, wurde Laura plötzlich klar, dass sie nicht mehr verlangen konnte. Sie hatte James die Anerkennung verschafft, die er brauchte. Sein Dank, wenn schon nicht seine Liebe, galt ihr. Das war genug.

Stolz stellte er ihren Gästen seine Mutter und seine Tochter vor. Kaum jemand brachte die ungepflegte Witwe des einstigen stadtbekannten Säufers mit der ruhigen, freundlichen Frau in Zusammenhang, die sich im Erfolg ihres Sohnes und der Zuneigung ihrer Enkelin sonnte.

Die Gäste sprachen neugierig über ihre Gastgeber und deren offenkundige Zuneigung, und sie erfreuten sich an den kulinarischen Genüssen und der Pracht, für die Indigo Place schon immer berühmt gewesen war.

Erst gegen Mitternacht schlenderten die Letzten zu ihren Wagen und versicherten sich gegenseitig, dass dies die schönste Party des ganzen Sommers gewesen sei. Sicher würde es eine ganze Zeit dauern, bis jemand dieses Fest der Padens übertreffen werde.

»Ah, das fühlt sich gut an«, sagte Laura und zog ihre Sandaletten aus. Sie war stundenlang auf den Beinen gewesen. Am Küchentisch sitzend, rieb sie sich die schmerzenden Füße.

»Hier Baby, greif zu.« James stellte einen Teller vor sie hin. »Ich habe dich den ganzen Abend lang keinen Bissen essen gesehen.«

Er hatte auch sich selbst einen Teller gefüllt, und sie begannen beide, mit gesundem Appetit zu essen.

»Mutter, du schläfst heute Nacht hier, nicht wahr?«, fragte er zwischendurch Leona.

»Wenn du willst, gern.«

»Klar. Gladys hat das freie Schlafzimmer für dich hergerichtet. Willst du nicht mit Mandy hinaufgehen? Ihr seht beide ziemlich müde aus.«

Mandy machte schläfrig die Runde für den Gute-Nacht-Kuss und ließ sich dann von ihrer Großmutter zu Bett bringen. Gladys legte sich noch mit James und Laura an und tadelte beide, weil sie auf ihrer eigenen Party den ganzen Abend lang nichts gegessen hatten. Während sie sich mit den ersten Aufräumarbeiten befasste, füllte sie ihnen immer wieder die Teller nach.

Das Fliegengitter an der Hintertür quietschte, als Bo mit den Fackeln und Lampions hereinkam, die er gelöscht und gleich eingesammelt hatte. Er sah besorgt aus.

»Laura, James, ich habe eben im Radio gehört, dass der Sturm zu einem Hurrikan hochgestuft wurde.«

Laura verging schlagartig der Appetit; sie schob ihren Teller von sich. Mit Verzweiflung in der Stimme sprach sie James' Namen aus.

»Schalte den Fernseher ein.« Gladys hatte in der Küche ein tragbares Gerät stehen, damit sie nachmittags während der Arbeit ihre Lieblingsserien anschauen konnte.

Betty, wie der Sturm bezeichnet worden war, wurde der längste Beitrag der Spätnachrichten gewidmet. Er hatte seit mehreren Stunden die Stärke eines ausgewachsenen Hurrikans erreicht. Die Marine berichtete von Windgeschwindigkeiten von über hundertsechzig Kilometern pro Stunde. Sogar auf den Satellitenaufnahmen sah der Wirbel Angst einflößend aus. Er würde verheerende Verwüstungen anrichten. Die Küsten von Georgia, Nord- und Südcarolina lagen auf seiner momentanen Route.

»Indigo Place.« Bleich und mit zitternder Stimme wandte sich Laura an James. »Was sollen wir tun?«

»Heute Nacht können wir gar nichts tun, außer zu versuchen, möglichst gut zu schlafen«, erwiderte er, nahm sie in die Arme und klopfte ihr sanft auf den

Rücken. »Und morgen früh sehen wir uns an, wie sich die Lage entwickelt hat. Diese Stürme können ihre Route innerhalb von Stunden ändern.«

Die Burtons gingen schlafen, doch auch sie waren von Sorge gebeugt. James versuchte, Laura aus der Küche zu führen, doch sie weigerte sich.

»Nein, geh nur, ich kann sowieso nicht schlafen.«

»Du bleibst nicht die ganze Zeit am Radio kleben, Laura.«

»Warum denn nicht? Ich mache mir Sorgen.«

»Ich auch, aber wozu soll es gut sein, hier zu sitzen und diesen Sturm zu verfolgen? Ändern können wir ohnehin nichts.«

Sie biss sich verzweifelt auf die Lippe.

»Ich kann jetzt nicht einfach ins Bett gehen, als ob nichts wäre. Da käme ich mir vor, als würde ich Indigo Place im Stich lassen.«

Er sah sie an wie ein aufsässiges Kind und legte sanft die Hände auf ihre Schultern.

»Wie willst du Indigo Place helfen, wenn du total erschöpft und übermüdet bist? Also, komm. Keine Debatte mehr.«

Sie ging widerstrebend, aber sie fügte sich. Bis er die Schlafzimmertür hinter ihnen schloss, hatte sie ihren Widerstand aufgegeben und bewegte sich wie in Trance. Die Arme hingen ihr schwer an den Seiten herunter. Da sie nicht in der Lage war, sich auszuziehen, tat er es für sie. Dann entkleidete er rasch sich selbst und brachte Laura ins Bett. Unter der Decke war es warm, aber sie fröstelte dennoch.

Er schlang die Arme um sie und zog sie fest an sich. Dann liebte er sie. Und das hatte nichts mit Sex zu tun.

Seine Finger durchkämmten sacht ihr Haar, das er

ebenfalls gelöst hatte, und in der Dunkelheit flüsterte er ihr tröstende, besänftigende Worte zu, bis sie aufhörte zu zittern.

Seine Lippen lagen an ihren Schläfen, und immer wieder hauchte er einen Kuss darauf, sagte ihr, wie sehr er die Party genossen hatte, die von ihr zu seinen Ehren gegeben worden war, und welch ein Erfolg sie seiner Meinung nach gewesen sei. Und endlich, das Gesicht an seiner behaarten Brust, schlief sie ein.

Die Nachrichten am nächsten Morgen waren schlimm. Laura und James saßen Seite an Seite auf dem Ledersofa im Arbeitszimmer ihres Vaters vor dem Fernseher. Alle Sender hatten das Programm geändert; es wurden nur noch Nachrichten über Betty ausgestrahlt.

Vergessen waren die tröstenden Worte, die James ihr während der Nacht zugeflüstert hatte. Der Gedanke an ein Leben ohne Indigo Place machte Laura untröstlich, denn für sie bedeutete das plötzlich auch ein Leben ohne James. Die Zerstörung des Hauses würde die Zerstörung ihrer Ehe bedeuten. Ihre Ehe war auf dieses Haus gegründet. Ohne Haus keine Ehe.

Gladys sorgte dafür, dass ständig Kaffee da war; sie wollten aber beide nichts essen.

Leona wurde gebeten, zu bleiben und sich um Mandy zu kümmern. Die Kleine konnte nicht draußen spielen, denn es hatte angefangen zu regnen. Im bedrückend düsteren Haus langweilte sie sich, war aufsässig und ging allen auf die Nerven.

Die Behörden empfahlen dringend, das vom Unwetter betroffene Gebiet zu verlassen. Inzwischen galt es als sicher, dass der Hurrikan die Küste von Georgia heimsuchen würde. Das Wasser im Sund von St. Gregory war bereits heftig aufgewühlt.

»Ich gehe nicht«, erklärte Laura und schüttelte stur den Kopf. »Ich lasse Indigo Place niemals im Stich.«

James verzog ob ihrer Unvernunft verärgert den Mund, sagte jedoch nichts. Er zog seine Gummistiefel und einen Regenmantel an und trotzte den Elementen. Die Bretter, mit denen er und Bo die Fenster vernagelten, würden dem Sturm nicht allzu viel Widerstand entgegensetzen können, aber James hatte das Gefühl, er müsse etwas tun, wenn er nicht verrückt werden wollte. Er konnte nicht einfach herumsitzen wie bei einer Totenwache. Keine Kontrolle zu haben, fand er unausstehlich, und gegen einen Sturm so machtlos zu sein, frustrierte ihn erst recht.

Der Exodus aus den Küstenorten hatte bereits begonnen; sämtliche Ausfallstraßen nach Westen waren verstopft, doch er schaffte es trotzdem, einige Pferdetransporter durchzubringen.

Einsam beobachtete Laura von der Veranda aus, wie die nervösen Tiere durch den peitschenden Regen in die Trailer gebracht und weggeschafft wurden. Ihre Verzweiflung erschien grenzenlos. In der schwülen Atmosphäre Luft in die Lunge zu bekommen, fiel ihr unglaublich schwer; dazu war ihre Brust vor Angst und Trauer wie zugeschnürt.

»Hilfst du mit, für Mandy eine Tasche zu packen? Mutter könnte etwas vergessen.«

James hatte seine Frau alleine im Wohnzimmer sitzend vorgefunden. Sämtliche Fenster waren zugenagelt; die Stimmung glich der auf einer Beerdigung. Er dachte, Laura hätte ihn nicht gehört, und wollte seine Frage eben wiederholen, als sie sich zu ihm umdrehte und ihn mit leerem Blick ansah.

»Packen?«

»Ich schicke Mandy und Mutter mit den Burtons weg.

Ich habe telefonisch in Macon ein Motel ausfindig gemacht, das noch nicht ausgebucht ist. Dort habe ich für sie reserviert, aber wenn sie nicht bis zur vereinbarten Zeit da sind, wird das Zimmer an jemand anderen vergeben.«

Sie nickte geistesabwesend und ging nach oben, um Leona zu helfen, Mandys Sachen in einen Koffer zu packen. Als sie startbereit waren, kauerte Laura nieder, um Mandy einen Abschiedskuss zu geben.

»Ich habe keine Angst, aber Annmarie«, erklärte die Kleine mit zitternden Lippen. »Ich habe ihr gesagt, sie braucht sich nicht zu fürchten.«

»Ihr seid beide sehr tapfer.« Laura strich über Mandys Kopf.

»Ich will dich und Daddy eigentlich nicht alleinlassen, aber er hat gesagt, ihr passt aufeinander auf. Tut ihr das?«

»Natürlich.«

»Und ihr habt keine Angst?«

»Nein. Wir haben keine Angst.«

»Ich liebe dich, Mami.«

Laura drückte den warmen Körper des Kindes an sich und spürte, wie er ihr Kraft spendete. Sie wünschte sich, so viel Vertrauen aufbringen zu können wie Mandy.

»Ich liebe dich auch, Herzchen. Sei lieb zu Omi und Gladys und Bo.«

»Komm, Tricks«, sagte James freundlich und ergriff Mandys Hand. »Du willst doch nicht, dass der Mann vom Motel das Zimmer jemand anderem gibt, oder?«

Mandys Lippen zitterten unkontrolliert, als Bo sie durch den peitschenden Regen zum Auto trug, wo Leona bereits wartete. Sie warf herzzerreißende Blicke aus dem Rückfenster und winkte James und Laura zu, bis der Wagen außer Sicht war.

Laura tat das Herz weh, aber sie wusste, sie erlebte gerade nur einen Vorgeschmack auf den Schmerz, den sie fühlen würde, wenn James und Mandy für immer aus ihrem Leben treten würden.

»Bitte, überlege es dir noch einmal, Laura. Wir sollten auch nach Macon fahren.«

Sie biss die Zähne zusammen und schüttelte unnachgiebig den Kopf.

Ein paar Stunden später wurde ihr jegliche Wahlmöglichkeit aus der Hand genommen – ein Deputy Sheriff klopfte an die Haustür.

Es hatte den ganzen Nachmittag ununterbrochen geregnet, und der Wind war erheblich stärker geworden. Der Sturm ließ keinerlei Anzeichen einer Abschwächung erkennen. Die Wetterexperten warnten vielmehr, dass Betty sich zu einem der schlimmsten Hurrikane der letzten Jahre entwickeln könne.

»Tut mir leid, Mr Paden«, brüllte der Sheriff gegen den tosenden Wind an. Wasser tropfte von seiner breiten Hutkrempe; er war vom Kinn bis zu den Knöcheln unter einem gelben Regenmantel verborgen. »Sieht so aus, als würden wir den voll abbekommen. Alle müssen die Stadt verlassen. Sie haben eine halbe Stunde, dann komme ich wieder.«

»Wir gehen schon«, versprach James bitter.

Er schloss die Haustür und drehte sich zu Laura um, die im Eingangsbereich stand. »Willst du etwas mitnehmen?«

Sie war gewillt, ihr Leben zu opfern, nicht um Indigo Place zu retten, sondern ihre Ehe.

Zeit! Warum hatten sie nicht mehr Zeit? Hätte sie nur noch einen Tag, eine Woche, einen Monat, dann hätte sie James vielleicht so weit gebracht, dass er sie liebte. Aber so sah es aus, als müsste sie sich vorzeitig geschlagen geben. Der Kampf war vorüber.

Alle Kraft verließ sie; ihre ganzer Körper sackte ermattet zusammen. »Nein, ich will nichts mitnehmen.«

Nichts Materielles schien ihr mehr von Wert zu sein. Oh Gott, wie dumm war sie gewesen, Dingen so eine Bedeutung zuzumessen. Eigentum, Herkunft. Von Kindesbeinen an war ihr beigebracht worden, all das wertzuschätzen, aber sie hätte schon vor langem so klug sein sollen zu erkennen, dass Menschen so viel wertvoller waren als Dinge. Als Stolz. Als Ansehen.

Deshalb hatte sie nie geheiratet, niemals wirklich geliebt. Nie war ihr etwas wichtiger gewesen als ein Stück Grund und ein Haus. Bis James kam. Sie lernte ihre Lektion auf die harte Tour, indem sie den opfern musste, den sie am meisten liebte.

Sie nahmen sich nur die Zeit, die notwendig war, um Toilettenartikel und etwas Unterwäsche in eine Reisetasche zu packen. James holte den Wagen und stellte ihn vor der Veranda ab. Laura verschloss die Haustür und legte die Hand auf das kühle Holz. Es war, als ob man die Hand auf das Herz eines geliebten Menschen legte, voller Angst, es könne jeden Augenblick aufhören zu schlagen.

Dann zog sie die Nase hoch, wischte sich die Tränen ab und lief die Stufen hinunter zum Wagen.

Glas knirschte unter James' Stiefelsohlen. »Es ist schlimmer, als ich dachte«, sagte er und hob ein Stück des unbezahlbaren Kronleuchters auf, der über dem Tisch im Esszimmer gehangen hatte.

Zornig schleuderte er das Stück Kristall zu Boden; es zersprang auf dem Haufen Schutt zu seinen Füßen in tausend Teile. Laura, die ihm zusah, schluckte ihre Verzweiflung hinunter und wandte sich ab.

Die vergangenen achtundvierzig Stunden waren ein

Albtraum gewesen. Die Fahrt nach Macon war zu einer der nervenaufreibendsten Erfahrungen ihres Lebens ausgeartet. Der Regen hatte den Stop-and-go-Verkehr noch zusätzlich erschwert. Verängstigte Menschen hatten – wie Laura und James – ihre Häuser verlassen, bedrängt von der Frage, ob sie noch ein Zuhause haben würden, in das sie zurückkehren konnten, nachdem Betty ihren Tribut gefordert hatte.

Sie hatten die anderen sicher in ihrem kleinen Motelzimmer vorgefunden. Ein weiteres freies Zimmer gab es in ganz Macon nicht mehr. Daraufhin hatten James und Bo großzügig angeboten, in den Autos zu schlafen und das Zimmer den Frauen überlassen. Laura konnte in der ersten Nacht fast kein Auge zutun. Mandy, die das Bett mit ihr teilte, schlug aus und trat wie ein Füllen um sich, Gladys schnarchte und Leona stöhnte. Dennoch war es hauptsächlich die Sorge gewesen, die Laura den Schlaf geraubt hatte.

Ihre schlimmsten Befürchtungen bestätigten sich am nächsten Morgen. Zeitungen und Fernsehen berichteten, Gregory sei schwer von dem Hurrikan getroffen worden. Das Auge des Sturms war genau über die Stadt hinweggezogen, sodass sie die peitschenden Winde und den Regen zweimal über sich hatte ergehen lassen müssen. Mehrere Tornados waren entstanden und hatten breite Schneisen der Verwüstung geschlagen. Den ganzen Tag lang lauschten sie den Nachrichtensendungen.

Erst vierundzwanzig Stunden später, als die Fluten zurückgegangen waren und die Stadt wieder als sicher galt, durften sie nach Gregory zurückkehren. Doch James beschloss, alle bis auf Laura vorerst in Macon zu lassen. Sobald ein weiteres Motelzimmer frei wurde, buchte er es, damit sie es ein wenig bequemer hatten.

»Bis ich weiß, wie die Lage zu Hause ist, bleibt ihr besser hier«, hatte er ihnen erklärt. »Wir lassen von uns hören, sobald wir etwas wissen.«

Bevor er mit Laura nach Gregory aufbrach, drückte er Bo Geld in die Hand, gab seiner Mutter und Mandy einen Kuss und trug Gladys auf, sich um die beiden zu kümmern.

Die Rückfahrt war ziemlich schweigsam verlaufen. Es war zwecklos, darüber zu spekulieren, wie viel Indigo Place wohl abbekommen hatte. Als sie sich der Küste näherten und die zunehmenden Zeichen der Verwüstung bemerkten, hatten sie sich auf das Schlimmste gefasst gemacht.

Lauras Herz tat vor Freude einen Sprung, als sie durch das Tor fuhren und sahen, dass die Außenwände des Hauses noch standen. Natürlich war auf den weiß gekalkten Ziegeln eine hässliche Linie zu sehen, die anzeigte, wie hoch die schmutzige Flut gestiegen war. Der Wind hatte einen Teil des Dachs abgetragen, und die meisten Fensterscheiben waren geborsten, aber das Gebäude als solches hatte überlebt.

James' gemurmelte Flüche trugen jedoch wenig dazu bei, ihre schwindende Zuversicht zu stärken. Zweifellos dachte er, während er nun die Sturmschäden begutachtete, dass sich seine Investition nicht auszahlen würde. Indigo Place hatte ihn ein Vermögen gekostet und rechnete sich nicht. Es würde noch einmal ein Vermögen kosten, das Haus zu reparieren und zu säubern – von den Familienerbstücken, die zerstört waren und ersetzt werden mussten, ganz zu schweigen.

Und, nüchtern betrachtet, weshalb sollte er sich das antun? Warum sollte er sich all die Arbeit und Kosten aufbürden, wo es doch gar nicht mehr notwendig war? Er hatte sein Ziel erreicht. Die Stadt, die ihn einst verachtet hatte, lag ihm nun zu Füßen. Er hatte bewiesen, dass er ein respektabler Bürger war. Wenn er erneut einen Haufen Geld in ein Haus investierte, dann wohl eher in Atlanta oder sonst irgendwo auf der Welt. Es musste nicht mehr in Gregory sein.

Wenn er wegging, würde er ihr anbieten, ihn zu begleiten?, fragte sich Laura.

Das war es, was sie am allermeisten beschäftigte. Denn auch sie hatte ihren Zweck erfüllt. Er hatte sie ihres Namens und ihrer Adresse wegen geheiratet – beides brauchte er nun nicht mehr; außerhalb von Gregory County war beides nicht mehr wert als ein Sack Bohnen. Und was sie im Bett miteinander teilten, das konnte er überall und bei unzähligen Frauen finden.

»Ich sehe mir die Ställe an.« Sie lief davon, bevor er die Tränen sehen konnte, die in ihre Augen drängten, oder das verräterische Kratzen in ihrer Stimme hörte.

Sie watete durch eine riesige Schlammpfütze, ohne auf ihre Stiefel und den Saum ihrer Jeans zu achten. Es brach ihr das Herz zu sehen, dass einer der dicksten Äste der Lebenseiche, die seit mehr als hundert Jahren jeden Sturm überstanden hatte, vom Stamm abgespalten worden war. Den Bootsanleger, in dessen Reparatur James so viele Arbeitsstunden investiert hatte, gab es nicht mehr. Aber all das schmerzte nicht annähernd so sehr wie der Gedanke daran, James und Mandy aufgeben zu müssen.

Indigo Place Nummer 22 war offensichtlich kein Bauwerk für die Ewigkeit. Überall fanden sich dafür genügend Beweise. Aber ihre Liebe für James würde nie erlöschen. Indigo Place war ihre Vergangenheit. Er war ihre Zukunft.

Sie trat in die halbdunklen Ställe, die wie durch ein Wunder verschont geblieben waren. Das Wasser war zwar in die riesige Scheune eingedrungen, als sie aber die Leiter zum Heuboden hinaufstieg, erwies sich dieser als trocken und duftete angenehm. Sie legte sich auf eine alte Decke, rollte sich schutzsuchend zusammen und weinte.

»Laura?«

Sie wusste nicht, wie lange sie so dagelegen hatte. Beim Klang seiner Stimme fuhr sie jäh in die Höhe. Mit den Handrücken wischte sie sich über die tränennassen Wangen.

»Hier oben«, rief sie.

Zwischen einzelnen Dachschindeln drangen Strahlen der Spätnachmittagssonne hindurch. Staubpartikel tanzten im schwachen goldenen Licht. Es roch modrig und feucht, aber nicht unangenehm.

»Ich habe dich nirgends gefunden«, sagte James, während er durch die Luke heraufkam.

»Ich bin oft hierhergekommen, wenn ich allein sein und nachdenken wollte.«

»Oder weinen«, erwiderte er unverblümt und setzte sich zu ihr.

Sie senkte den Blick. »Darf ich das nicht? Ein bisschen wenigstens?«

»Ich denke schon.«

Er klang distanziert, feindselig, und Laura schwieg. Als sie die Spannung nicht mehr aushielt, fragte sie: »Was hast du für Pläne?«

Er legte die Arme um die angezogenen Knie und kaute an einem Strohhalm, schob ihn von einem Mundwinkel in den anderen.

»Ich denke, wir fangen mit dem Dach an und machen zuerst das Haus wieder dicht. Wahrscheinlich brauchen wir eine Reinigungsfirma – was ist los?«

Er bemerkte ihre ungläubige Überraschung.

»Du – du willst Indigo Place wieder aufbauen?«

»Natürlich. Was denn sonst? Glaubst du, wir könnten hier wohnen, so wie es im Moment aussieht?«

Sie schluckte schnell. »Dann hast du also vor, zu bleiben?«

»Wir werden uns etwas in der Stadt mieten müssen, bis die Renovierungsarbeiten beendet sind.«

Er sprach in der Mehrzahl. Lauras Herz begann zu pochen, sie schöpfte neue Hoffnung. Wieder bemerkte er ihre verblüffte Miene und fühlte sich sofort gekränkt.

»Was ist los? Traust du mir nicht zu, dass ich den Wiederaufbau meistern werde? Hast du Angst, ich würde deinen Familienbesitz ruinieren?«

Tränen perlten aus ihren Augen. Sie schüttelte den Kopf.

»Nein, das ist es nicht. Aber ich dachte, du wolltest es überhaupt nicht wieder aufbauen.«

Er musterte sie.

»Würdest du mir erklären, wie du auf so einen Gedanken kommst?«

»Indigo Place war der Grund, warum du mich geheiratet hast. Aber nun, da das Haus zerstört ist und du mich nicht mehr brauchst …«

Sie brachte den Satz nicht zu Ende. Er packte sie hart am Arm, zog sie auf seinen Schoß und beugte sich über sie.

»Dich nicht mehr brauchen? Baby, ich brauche dich so sehr, wie ich es nie für möglich gehalten hätte, einen Menschen zu brauchen, und schon gar nicht eine Frau.«

Seine starke Hand umfasste ihr Kinn, und er drückte ihr einen gierigen Kuss auf den Mund. Sie hatten sich seit der Nacht nach der Party nicht mehr berührt und hungerten beide danach. Die Hitze seines Körpers ließ Laura sofort dahinschmelzen. Gierig erwiderte sie seinen Kuss und barg sein Gesicht zwischen ihren Händen.

Als sie sich endlich wieder trennten, waren sie beide atemlos.

»Was soll das heißen, ich brauche dich nicht?«, fragte er. »Spürst du das nicht? Siehst du es nicht in meinen Augen, jedes Mal, wenn ich dich ansehe? Ich werde dich immer brauchen.«

»Du wolltest meinen Namen, meinen Status in der Stadt.«

»Am Anfang, ja. Ich kam in die Stadt mit der Absicht, Indigo Place zu kaufen und dich zur Heirat zu überreden, aus genau dem Grund, den du genannt hast. Aber inzwischen ist mir das längst gleichgültig; meinetwegen könntest du eine arme Baumwollpflückerin sein. Das würde nichts daran ändern, dass ich dich will.«

Er hielt ihren Kopf so fest in den Händen, dass es beinahe wehtat, und blickte ihr tief in die Augen.

»Warum hast du den ganzen Nachmittag geweint? Weil du dachtest, du hättest Indigo Place verloren?«

Er ließ ihr genug Bewegungsfreiheit, dass sie den Kopf schütteln konnte.

»Weil ich glaubte, das Haus zu verlieren, würde bedeuten, dich zu verlieren. Diesen Gedanken konnte ich nicht ertragen. Das Haus ist ersetzbar. Du nicht.«

Er gab eine Litanei von Flüchen von sich, doch es hätten ebenso Gebete sein können.

»Dafür mich zu verlieren, Miss Laura, bestand nie die geringste Chance.« Er senkte den Kopf und presste durch ihre Bluse heiße, feuchte Küsse auf ihre Brüste. »Was glaubst du denn, warum ich alles versucht habe, dich zu schwängern? Baby, ich hoffe, dass ich dir ein Kind gemacht habe. Ich wollte eine Garantie dafür, dass du mir nicht wegläufst.«

Sie stöhnte unter dem herrlichen Ansturm seiner Lippen und erwiderte seine Küsse mit dem Feuer, das er in ihr entfacht hatte.

»Warum warst du denn dann so zornig? Ich hatte

Angst, du würdest Indigo Place und mich als eine schlechte Investition betrachten.«

»Nein, nein.« Er rieb die Worte mit seinen Lippen in ihren Hals. »Ich war wütend, weil du dir solche Sorgen machtest wegen des Sturms und was mit dem Haus passiert. Ich wollte, dass du dir mehr Sorgen um Mandy und mich als um das Haus machst.«

»Oh, James, das tue ich doch! Hast du das denn nicht gemerkt?« Sie zog ihn an den Haaren, bis er den Kopf anhob. »Ich bin einfach dumm, weil ich dir so lange etwas Wichtiges nicht gesagt habe.«

Sie zögerte.

»Nun?«

»Ich liebe dich.«

Er wurde sehr still.

»Wirklich?«

»Du hast mir schon vor langer Zeit den Kopf verdreht. Lange vor jenem Abend, an dem du mich vor diesen Kerlen gerettet und auf dem Motorrad nach Hause gebracht hast. Ich fand dich attraktiv, weil ich glaubte, du seist jemand, den ich nie würde haben können. Als du dann in die Stadt zurückkamst ... na ja, da ging alles wieder von vorn los. Du hast mich unruhig gemacht, und ich dachte, es sei nur wieder diese Verliebtheit, die sich bemerkbar machte. Aber vor ein paar Wochen habe ich gemerkt, dass aus der Verliebtheit wirkliche Liebe geworden ist.«

Er strich die losen Strähnen aus ihrem Gesicht. »Ich liebe dich auch, Laura. Ich habe noch nie jemanden so geliebt wie dich. Es hat keinen Zweck, irgendetwas anderes vorgeben zu wollen. Und du bist eine Lady, eine Aristokratin. Ich dachte, du würdest mich auslachen, wenn ich dir sage, welche Gefühle ich für dich empfinde, also habe ich es gar nicht erst riskiert.

Aber nun sage ich es dir. Ich liebe dich.« Sie berührte sein Gesicht, verzückt von seinem nachdenklichen Schmollmund, der Herablassung in seinem Blick und vor allem von seiner Verletzlichkeit. Diese empfindsame Seite seiner Person hatte er nur ihr offenbart, und das war ein echtes Zeugnis seiner Liebe.

»Du bist nicht im Entferntesten der böse Junge, der zu sein du vorgibst, James Paden.«

»Und du behältst mein Geheimnis für dich?«

»Versprochen.«

Stille umgab sie, als sie langsam begannen, sich auszuziehen. Die Sonne ging unter. Die Schatten auf dem Heuboden wurden lang; nur ein paar feurige Strahlen drangen noch durch die Spalten zwischen den Schindeln. Der Stall roch nach Heu und Erde, Regen und Sex.

Nackt knieten sie auf der Decke und erforschten einander, sich nur mit den Lippen berührend. Dann legten sich seine Hände auf ihre Brüste und massierten sie liebevoll.

»Willst du ein Kind von mir?«

»Ja. Ja.«

»Wenn es kommt, darf ich deine Milch kosten?«

Er senkte den Kopf. Sein Atem ging leicht, aber schnell. Sein Mund war zärtlich, aber leidenschaftlich.

Seufzend vor Lust, öffnete sie ihre Beine. »Berühre mich.«

Er folgte ihrer Aufforderung, legte die offene Hand über ihren Venushügel und ließ sie dann zwischen ihre Schenkel gleiten. Sein Daumen kannte sich atemberaubend gut aus.

Laura berührte ihn. Unter ihren forschenden Fingern war er hart und glatt und warm und voller Leidenschaft.

Sie liebkosten sich, bis sie sich in eine rauschhafte Ekstase hineingesteigert hatten.

Viel später lagen sie da – schweißbedeckt, zufrieden, matt – und betrachteten einander.

»Ich liebe dich«, flüsterte sie, mit dem Finger seine Unterlippe nachzeichnend.

»Ich liebe dich.«

Sie küsste ihn, ein trockener, rascher, flüchtiger Kuss, und schickte sich an aufzustehen.

Er ergriff ihr Handgelenk.

»Wo willst du hin?«

Heu hatte sich in ihrem wirren Haar verfangen. Ihr Mund war von seinen heißen Küssen gerötet. Sie blickte ihn aus ihren blauen Augen an wie eine Frau, die mit ihrem Liebhaber mehr als zufrieden war. Ihr ganzer Körper bebte noch wie von einem wunderbaren Nachspiel.

»Ich – ich dachte, wir ziehen uns an und fahren in die Stadt ... suchen uns etwas für die Nacht ... schauen nach ...«

Ihre Stimme versiegte. Seine Mundwinkel verzogen sich zu einem vielversprechenden Lächeln. Unter seinen gesenkten Lidern hervor schaute er aus schläfrigen Augen zu ihr empor. Sein erotisierender Blick hätte einen Engel dazu gebracht, die Flügel abzulegen. Und mehr.

»Keine Chance, Baby. Ich habe soeben entdeckt, dass ich im Heu mit die beste Arbeit abliefere.«

Er ergriff sie am Nacken und zog sie wieder zu sich.